내 이름은 루시 바턴

이 도서의 국립중앙도서관 출판예정도서목록(CIP)은
서지정보유통지원시스템 홈페이지(http://seoji.nl.go.kr)와
국가자료종합목록 구축시스템(http://kolis-net.nl.go.kr)에서 이용하실 수 있습니다.
(CIP제어번호: CIP2017020614)

MY NAME IS
LUCY BARTON

ELIZABETH STROUT

내 이름은 루시 바턴

엘리자베스 스트라우트 장편소설 | 정연희 옮김

문학동네

저자 일러두기

『내 이름은 루시 바턴』은 픽션이다. 이 소설에 등장하는 이름, 등장인물, 지명, 사건 들은 작가의 상상력의 산물로 허구적으로 사용된 것이다. 실제 사건이나 지역, 실제 인물—생사와 무관하게—과 유사한 점이 있다면 전적으로 우연에 의한 것이다.

내 친구
캣비 체임벌린에게

일러두기

1. 주석은 모두 옮긴이주다.
2. 본문 중 고딕체는 원서에서 이탤릭체나 대문자로 강조한 부분이다.

차 례

이제는 꽤 지난 일이 되었지만, 내가 구 주 가까이 병원에 입원해야 했던 때가 있었다. 뉴욕의 병원이었는데, 내 침대에서는 밤이면 환한 불빛이 기하학적으로 밝혀지는 크라이슬러 빌딩의 풍경이 바로 보였다. 낮에는 그 빌딩도 아름다움을 잃고 푸른 하늘을 배경으로 서서히 여느 건물과 다름없는 그저 덩치 큰 건물이 되었고, 도시의 모든 건물들은 멀찍이 떨어져 침묵을 지키는 듯 보였다. 5월이 지나고 6월이 되었다. 창가에 서서 저 아래 보도를 내려다보며 봄옷을 입은 젊은 여자들—내 또래—이 점심시간에 돌아다니는 모습을 지켜보던 것이 기억난다. 대화를 나누는 그들의 머리가 움직이는 것이, 그들의 블라우스가 산들바람에 잔물결을 이루는 것이 보였다. 나는 퇴원하면 보도를 걸을 때 나도 그렇게 걷는 사람 중 한 명이라는 사실에 감사하는 마음을 절대 잊지 않을 거라고 생각했고, 여러 해 동안 정말로 잊지 않았다—병실 창문에서 내려다보았던 풍경을 떠올리며 내가 그 보도를 걷고 있음을 다행으로 여겼다.

먼저 말해두지만, 이것은 단순한 이야기이다. 내가 병원에 입원한 것은 맹장수술을 받기 위해서였다. 이틀 뒤 병원에서 음식을 주었지만 넘어가지가 않았다. 그리고 얼마 지나지 않아 열이 나기 시작했다. 어느 누구도 어떤 박테리아 때문에 그러는지 가려내지 못했고 뭐가 잘못됐는지 알아내지 못했다. 어느 누구도 못했다. 나는 한 튜브로는 수액을, 다른 하나로는 항생제를 맞았다. 튜브 두 개 모두 바퀴가 달달거리는 금속 링거대에 달려 있어 링거대를 밀면서 돌아다닐 수 있었지만 나는 대번에 지쳤다. 나를 꼼짝 못하게 했던 그 문제는, 그게 뭐였든 간에 7월을 앞두고 사라졌다. 하지만 그때까지 내 상태는 매우 이상해서—말 그대로 열의 대기 상태—걱정이 이만저만이 아니었다. 집에 남편과 어린 두 딸이 있었다. 나는 딸들이 몹시 그리웠고, 그애들을 얼마나 걱정했는지 그러다가 병이 더 심해지는 건 아닌지 겁이 날 정도였다. 그러자 내 담당 의사—나는 그에게 깊은 애착을 느꼈다. 그는 군턱이 진 유대인으로 어깨에는 아련한 슬픔이 감돌았다. 그가 간호사에게 말하는 걸 들어보니 조부모와 친척 아주

10

머니 셋이 수용소에서 학살을 당했고, 뉴욕에 아내와 장성한 네 아이가 있었다—가, 이 사랑스러운 남자가 나를 안쓰럽게 여겼는지, 내 딸들—각각 다섯 살, 여섯 살—이 앓고 있는 병이 없다면 나를 보러 올 수 있도록 조치해주었다. 그래서 우리 가족의 친구가 아이들을 병실로 데려와주었는데, 그 조그만 얼굴과 머리카락이 어찌나 지저분하던지 나는 링거대를 밀며 아이들을 샤워실로 데리고 갔다. 아이들이 나를 보고 외쳤다. "엄마, 완전 말랐어요!" 아이들은 정말로 겁을 먹은 것 같았다. 아이들은 내가 수건으로 머리를 닦아주는 동안 나와 함께 침대 위에 앉아 있었고, 이어 그림을 그렸지만 조심스러운 태도를 보였다. 다시 말해, 그림을 그리다 말고 시도 때도 없이 "엄마, 엄마, 이거 좋아요? 엄마, 내가 동화 속 공주를 그렸는데, 이 드레스 좀 보세요!" 하고 말을 붙이는 일이 없었다는 뜻이다. 아이들은 거의 말이 없었는데, 특히 둘째가 말이 나오지 않는 것 같았다. 내가 둘째의 어깨를 감싸안자 아이의 아랫입술이 삐죽 튀어나오면서 아래턱이 파르르 떨렸다. 그 작은 꼬맹이가 용감해지려고 무진 애를 쓰고 있었다. 그들이 떠날 때 나는 아이들이 우리 가족의 친구, 내 아이들을 데려와주었고 자기 자식은 없는 친구와 함께 걸어가는 모습을 창밖으로 내다보는 행동은 하지 않았다.

당연한 일이지만 남편은 집안일로 바쁘고 직장일로 바빠서 나를 보러 올 시간을 잘 내지 못했다. 우리가 연애하던 시절에 그는 병원이 싫다고 말했었는데—그가 열네 살 때 아버지가 병원에서 돌아가셨다—나는 그제야 그 말이 진심이었음을 깨달았다. 내가 처음에 들어갔던 병실에는 죽음을 앞둔 노파가 있었다. 내 옆쪽 침대에 누워 있던 노파는 끊임없이 도움을 요청했다—죽는다고 고래고래 악을 쓰는데도 간호사들이 신경쓰지 않아 나는 깜짝 놀랐다. 남편은 견딜 수 없어했고—그 병실로 나를 찾아오는 걸 견딜 수 없어했다는 말이다—나를 1인실로 옮겼다. 우리가 가입한 건강보험으로는 이런 호사까지 보장받을 수 없어서, 모아둔 돈이 하루하루 빠져나갔다. 그 가엾은 노파가 질러대는 소리를 듣지 않게 된 건 고마운 일이었지만, 그때 내가 느낀 외로움의 크기를 누군가가 알아차렸다면 나는 창피함을 느꼈을 것이다. 간호사가 체온을 재러 올 때마다 나는 조금이라도 그녀를 더 붙잡아두려 했지만, 간호사란 워낙에 바쁜 사람들이어서 한담을 나누고 있을 시간이 없었다.

입원한 뒤 삼 주쯤 지났을 무렵의 어느 늦은 오후, 창밖을 바라보다 고개를 돌렸더니 침대 발치에 놓인 의자에 엄마가 앉아 있었다. "엄마?" 내가 말했다.

"안녕, 루시." 엄마가 말했다. 수줍지만 다급하게 들리는 목소리였다. 엄마는 몸을 앞으로 숙이더니 시트에 덮여 있는 내 발을 꽉 잡았다. "안녕, 위즐." 엄마가 말했다. 나는 여러 해 동안 엄마를 보지 못한 상황이어서, 엄마를 한참 쳐다보기만 했다. 엄마가 왜 그렇게 낯설어 보이는지 이유를 알 수 없었다.

"엄마, 여긴 어떻게 왔어요?" 내가 물었다.

"오, 비행기를 탔지." 엄마가 손가락을 꼼지락거렸고, 나는 우리에게 아주 많은 감정이 존재한다는 걸 알 수 있었다. 그래서 나도 손가락을 꼼지락거리고는 가만히 누워 있었다. "곧 괜찮아질 거야." 엄마가 조금 전처럼 수줍지만 다급한 목소리로 덧붙였다. "내가 아무 꿈도 꾸지 않았거든."

엄마가 이곳에 와서 오랫동안 듣지 못했던 애칭으로 나를 부르자 내 몸이 따뜻해지면서 액체로 채워지는 느낌이 들었다. 마치 내가 느끼는 모든 긴장감이 예전에는 고체였는데 이제는 아닌 것처럼. 대체로 나는 한밤중에 깨어 자다 깨다를 반복하거나, 유리창 밖 도시의 불빛을 바라보며 뜬눈으로 밤을 새우곤 했다. 하지만 그날 밤에는 한 번도 깨지 않고 깊은 잠을 잤다. 아침에 눈을 뜨니 엄마가 어제 앉아 있던 그 자리에 그대로 앉아 있었다. "괜찮아." 내가 묻자 엄마가 대답했다. "내가 잠이 많지 않은 건 너도 알잖니."

간호사들이 간이침대를 가져오겠다고 했지만 엄마는 고개를 저었다. 간호사들이 침대를 가져오겠다고 할 때마다 엄마는 고개를 저었다. 얼마쯤 시간이 지나자 간호사들도 더는 묻지 않았다. 엄마는 내 곁에서 닷새 밤을 머물렀지만 의자에서 말고는 어디에서도 잠을 자지 않았다.

우리가 하루를 온전하게 함께 보낸 첫날, 엄마와 나는 드문드문 대화를 나누었다. 우리 둘 다 뭘 해야 할지 몰라서 그랬을 것이다. 엄마는 내 딸들에 대해 몇 가지 질문을 했고, 나는 대답하면서 점점 얼굴이 뜨거워지는 걸 느꼈다. "아이들은 정말 놀라워요." 내가 말했다. "오, 그냥 놀라워요." 엄마는 내 남편에 대해서는 아무것도 묻지 않았다. 남편과 통화할 때 듣기로는, 엄마에게 전화를 걸어 내 곁에 있어달라고 부탁한 것도, 비행기 푯값을 낸 것도, 공항에 엄마를 데리러 가겠다고—우리 엄마는 그때까지 비행기를 타본 적이 한 번도 없었다—제안한 사람도 남편이었는데 말이다. 엄마는 택시를 타겠다는 말로 내 남편과의 대면을 거부했지만, 그럼에도 남편은 엄마에게 찾아오는 법도 알려주고 돈도 주었다. 내 침대 발치의 의자에 앉은 엄마는 아빠에 대해서는 아무 말도 하지 않았고, 그래서 나 역시 아빠에 대해서는 침묵했다. 내심 엄마가 "네 아빠가 너 얼른 회복하길 바란대"라고 말해주길 바랐지만, 그런 말은 없었다.

"택시 타는 거 무섭지 않았어요, 엄마?"

엄마는 대답을 망설였다. 비행기에서 내리는 순간 엄마가 느겼을 공포가 내 눈앞에 그려지는 것 같았다. 하지만 엄마는 이렇게 말했다. "나한테도 혀가 달렸으니 그걸 썼지."

잠시 뒤에 내가 말했다. "엄마가 와줘서 정말 좋아요."

엄마는 픽 웃더니 창문 쪽으로 고개를 돌렸다.

당시는 휴대전화가 등장하기 전인 1980년대 중반이라, 침대 옆에 놓인 베이지색 전화기가 울렸다. 남편의 전화였고—내가 금방이라도 울 것처럼 "응" 하고 애처로운 목소리로 받는 걸 듣고 엄마는 내 남편인 걸 눈치챘을 게 틀림없다—엄마는 조용히 의자에서 일어나 병실에서 나갔다. 내 생각엔 엄마가 그때 카페테리아에서 뭘 좀 먹거나 복도 끝에 있는 공중전화로 가서 아빠에게 전화를 했을 것 같다. 나는 엄마가 뭔가를 먹는 걸 보지 못했고 아빠도 엄마가 무사히 도착했는지 궁금해했을 테니 말이다—내가 알기로 두 분 사이에는 아무런 문제가 없었다. 나는 두 아이와 각각 통화를 하고 송화기에 대고 열두어 번은 쪽쪽 키스를 한 뒤 베개에 기대 눈을 감았다. 엄마가 어느새 슬그머니 병실로 들어왔는지, 눈을 뜨니 엄마가 돌아와 있었다.

엄마가 온 첫날 우리는 오빠와 언니에 대해 이야기했다. 삼남매 중 맏이인 오빠는 서른여섯 살인데 결혼도 하지 않고 부모님과 한집에서 살았고, 언니는 서른넷인데 부모님 집에서 10마일 떨어진 곳에서 다섯 아이와 남편과 함께 살고 있었다. 나는 오빠가 직장은 있는지 물었다. "직장은 없어." 엄마가 대답했다. "그 앤 다음날 도살될 짐승 옆에서 밤을 보내." 나는 그게 무슨 말인 지 물었고 엄마는 방금 한 말을 반복했다. 그리고 덧붙였다. "피더슨 씨네 헛간에 가서 도살장에 끌려갈 돼지들 옆에서 잠을 잔다니까." 나는 그 말을 듣고 깜짝 놀라 엄마한테 놀랐다고 말했지만, 엄마는 어깨만 으쓱할 뿐이었다.

이어 엄마와 나는 간호사들에 대해 이야기했다. 엄마는 단박에 간호사들의 별명을 지었다. 마음이 바스러질 듯 여려 보이는 비쩍 마른 간호사에게는 "쿠키", 수심이 가득해 보이는 나이 많은 간호사에게는 "치통", 우리 둘 다 좋아한 인디언 여자에게는 "진지한 아이"라는 별명을 붙여주었다.

하지만 내가 지친 기색을 보이자, 엄마는 자신이 오래전에 알았던 사람들에 대한 이야기를 들려주기 시작했다. 엄마는 자신의 감정과 말과 관찰이 오랫동안 자기 안에 꾹꾹 눌려 담겨 있던 것처럼 주변을 의식하지 않고 속삭이는 듯한 목소리로 이야기를 꺼냈는데, 내 기억에는 지금까지 엄마가 이런 방식으로 말한 적이 없었다. 나는 이따금 까무룩 잠이 들었고, 눈을 뜨면 다시 이야기를 해달라고 졸랐다. 하지만 엄마는 말했다. "오, 위즐디. 넌 좀 쉬어야 해."

"지금 쉬고 있잖아요! 부탁이에요, 엄마. 이야기 좀 해줘요. 뭐

든요. 캐시 나이슬리에 대해 말해줘요. 나는 그 이름이 늘 좋았
거든요."

"오, 그래. 캐시 나이슬리. 딱하기도 하지, 끝이 좋지 않았어."

우리는, 그러니까 우리 가족은 일리노이 주 앰개시라는 작은 시골 마을에서도 별종이었다. 그곳의 집들은 허물어지기 직전인 데다 페인트칠을 새로 한 집도 없고 덧창이나 정원도 없어, 눈길을 줄 만한 아름다움이라곤 찾아볼 수 없었다. 이런 집들이 한데 모여 마을을 이루었지만, 우리집은 그런 집들과도 떨어져 있었다. 아이들은 자신의 환경을 일반적인 것으로 받아들인다고 하지만, 비키 언니와 나는 우리가 다르다는 걸 알고 있었다. 운동장에서 다른 아이들이 우리에게 "너희 식구들한테서는 냄새가 나" 하고 말하고는 손가락으로 코를 잡으며 달아났기 때문이다. 언니는 2학년 때—교실에서 아이들 앞에 서서—담임교사에게 가난이 귀 뒤의 때에 대한 핑계가 될 수 없으며 비누를 살 수 없을 만큼 가난한 사람은 없다는 훈계를 들었다. 아빠는 농기계 수리 일을 했는데, 사장과의 불화로 종종 해고를 당했지만 다시 고용되곤 했다. 그건 아빠가 일을 잘했기 때문에 다시 필요해져서였을 것이다. 엄마는 바느질 일을 했다. 우리집에서 도로까지 이어진 긴 진입로와 도로가 만나는 지점에 페인트로 바느질과 수선, 이라고 쓴 손글씨 간판이 있었다. 아빠는 밤에 우리와 기도를 올릴 때 우리에게 충분한 양식을 주심에 감사를 드리게 했다. 하지만 사실 나는 종종 배가 고파 죽을 지경이었고, 당밀을 바른 빵으로 저녁을 때운 것도 여러 번이었다. 거짓말을 하거나 음식을 낭비하면 늘 벌이 뒤따랐다. 이따금 예고 없이, 부모님이 충동적으로 사정없이 우리를 때리기도 했는데—때리는 사람은 대체로 엄마였고, 대체로 아빠가 보는 데서였다—지금 생각해보면 우리의 푸르죽죽한 피부와 침울한 태도를 보고 그 사실을 눈치챈 사람도 있었을 것 같다.

그리고 우리는 고립되어 있었다.

우리는 소크밸리에 살았는데, 한참을 걸어도 집이라곤 들판 한가운데에 달랑 한두 채만 서 있는 그런 곳이었다. 그리고 앞서 말했듯 우리집 근처에 다른 집들은 없었다. 우리집에서는 멀리 지평선까지 이어져 있는 옥수수밭과 콩밭이 보였다. 지평선 너머에는 피더슨 씨네 돼지농장이 있었다. 옥수수밭 한복판에 나무 한 그루가 서 있었는데, 그 적막한 느낌이 이를 데 없었다. 오랫동안 나는 그 나무를 내 친구로 여겼다. 나무는 내 친구였다. 우리집은 아주 긴 흙길을 걸어가야 나왔고, 록 강에서 멀지 않았으며, 근처에는 바람으로부터 옥수수밭을 보호해주는 나무들이 있었다. 그러니 우리집 근처에 이웃이 있을 리 없었다. 우리집에는 텔레비전도 없었고, 신문이나 잡지, 책도 없었다. 엄마는 결혼한 첫해에 그 지역 도서관에서 근무했는데, 그걸 보면 책을 좋아했던 게 분명했다―오빠가 나중에 이렇게 말해주었다. 그러던 어느 날 도서관에서 엄마에게 규정이 바뀌어 적절한 교육을 받은 사람만 고용될 수 있다고 통보했다. 엄마는 결코 그 말을 믿지 않았다. 엄마는 더는 책을 읽지 않았다. 엄마가 다른 지역의 도서관에 가서 다시 책을 빌려온 것은 한참이 지난 뒤였다. 내가 이 이야기를 꺼낸 건, 아이들이 세상이 어떤 곳인지를 어떻게 인식하고 그 세상에서 어떻게 행동하는지에 대한 문제 때문이다.

예컨대, 어느 부부에게 자식이 없는 이유를 묻는 것이 무례하다는 건 어떻게 배우는가? 테이블 세팅을 하는 법은? 알려주는 사람이 아무도 없는데 본인이 입을 벌리고 음식물을 씹는다는 걸 어떻게 알겠는가? 집에 있는 거울이 부엌 개수대 저 위의 작은 거울 하나뿐인데, 혹은 어느 누구한테서도 예쁘다는 말을 들어본 적이 없는데, 그런 말을 듣기는커녕 가슴이 커지자 친엄마한테서 피더슨 씨네 헛간의 젖소 같아지기 시작한다는 말을 듣는데, 자기 모습이 정말로 어떤지 어떻게 알겠는가?

비키 언니는 그걸 어떻게 알게 되었는지, 나는 지금까지도 모른다. 사람들은 언니와 나의 사이가 가까울 거라고 예상하겠지만, 그렇지는 않았다. 우리 둘 다 친구가 없었고, 우리 둘 다 멸시를 당했다. 그리고 우리는 세상의 나머지 사람들을 쳐다볼 때 그랬던 것처럼 의심의 눈초리로 서로를 보았다. 지금은 내 인생도 완전히 달라졌기에, 어린 시절을 돌이켜보며 이런 생각을 하게 될 때가 있다. 그렇게 나쁘지는 않았다고. 어쩌면 그렇게 나쁘지는 않았을 거라고. 하지만 햇살이 내리쬐는 보도를 걷거나 바람에 휘는 나무 우듬지를 볼 때, 또는 이스트 강 위로 나지막이 걸린 11월의 하늘을 바라볼 때, 내 마음이 갑자기 어둠에 대한 앎으로 가득차는 순간들이 —예기치 않게— 찾아오기도 한다. 그 앎이 너무 깊어 나도 모르게 소리가 터져나올 것 같고, 그러면 나는 가장 가까운 옷가게로 들어가 낯선 사람과 새로 들어온 스웨터에 대해 대화를 나눈다. 아마 대부분의 다른 사람들도 이렇듯 반쯤은 알게 반쯤은 모르게, 사실일 리 없는 기억의 방문을 받으면서 세상을 이런 식으로 어찌어찌 통과해나갈 것이다. 하지만 다른 사람들이 공포라는 감정으로부터 완전히 자유롭다는 듯 자신만만하게 보도를 걸어가는 모습을 보면서, 나는 내가 다른 사람들이 어떤 마음인지 알지 못한다는 사실을 깨닫는다. 삶은 아주 많은 부분이 추측으로 이루어진 듯하다.

"캐시가 어땠느냐면," 엄마가 말했다. "캐시가 어땠느냐면……"
엄마는 의자에 앉아 몸을 앞으로 숙이고는 손을 턱에 대고 머리를 한쪽으로 기울였다. 엄마를 마지막으로 본 게 여러 해 전이었는데, 그사이 엄마는 얼굴선이 부드러워 보일 만큼 살이 쪘고, 엄마의 안경테는 검은색이 아니라 베이지색이 되었으며, 얼굴 옆으로 내려온 머리칼은 회색으로 세지는 않았지만 색이 더 옅어진 것이 서서히 내 눈에 들어왔다. 엄마는 젊은 날에 비해 몸집이 조금 더 커지고 몸의 윤곽선이 덜 선명해 보였다.

"캐시가 어땠느냐면, 캐시는 괜찮은 사람이었어요." 내가 말했다.

"글쎄," 엄마가 말했다. "얼마나 괜찮았는지는 모르겠구나."

쿠키 간호사 때문에 우리 대화가 끊겼다. 그녀는 차트판을 들고 병실로 들어와, 내 손목을 잡고 푸른 눈동자로는 멀리 허공을 응시하면서 맥박을 쟀다. 이어 체온을 쟀고, 체온계를 흘끗 쳐다본 뒤 내 차트에 뭔가를 갈겨썼다. 그러고는 병실에서 나갔다. 쿠키를 지켜보던 엄마는 이제 창밖을 응시하고 있었다. "캐시 나이슬리는 욕심이 많은 사람이었어. 그 여자가 나하고 친구가 된 이유를 종종 생각해봤는데…… 오, 우리가 정말로 친구 사이라고 할 수 있는지는 모르겠구나. 나는 바느질을 해주고 그 여자는 돈을 줬으니까. 어쨌거나 그 여자가 바로 돌아가지 않고 남아서 수다를 떨었던 이유를 종종 생각해봤어. 캐시는 자기한테 골치 아픈 문제가 생기면 나한테 자기 집에 와달라고 하기도 했어. 그러니까 지금 하려는 말은, 그 여자는 늘 내 처지가 자기 처지보다 한참 못하다는 사실을 좋아한 것 같다는 거야. 나에 대해서는 부러워할 게 아무것도 없었으니까. 캐시는 늘 자기가 갖고 있지 않은 걸 갖고 싶어했어. 그렇게 예쁜 딸들이 있는데도 그걸로 만족하지 못해 아들을 원했어. 핸스턴에 그렇게 좋은 집이 있는데도 그 집이 마음에 차지 않는다고 도시에 더 가까운 집을 원했어. 도시는 무슨. 그 여자는 그런 사람이었어." 엄마는 눈을 찡그리고 자신의 넓적다리 쪽에서 뭔가를 뜯어내며 나지막이 덧붙였다. "그 여잔 외동딸이었어. 내 생각엔 그것과 관련이 있는 것 같아. 외동이 얼마나 자기중심적인데."

예고 없이 한 방 얻어맞았을 때 찾아오는 차갑고 뜨거운 충격이 느껴졌다. 내 남편이 바로 외동이었고, 엄마는 오래전에, 엄마의 표현을 그대로 빌려 쓰면 그런 "조건"은 결국 그 사람을 이기적으로 만든다는 말을 한 적이 있었기 때문이다.

엄마가 말을 이었다. "그리고 캐시는 질투심이 많았어. 물론 나를 질투하진 않았지. 예를 들면 캐시는 여행을 다니고 싶어했어. 하지만 그녀의 남편은 그렇지 않았어. 그는 캐시가 만족하고 집에서 지내면서 자기가 버는 봉급으로 살기를 바랐지. 제법 잘 벌었어. 사료용 옥수수 농장을 관리했잖아. 사는 것도 완벽할 만큼 멋져서, 누구라도 그 부부처럼 살고 싶어했을 거야. 정말로. 왜, 둘이 클럽에 춤도 추러 갔잖아! 나는 고등학교 이후로는 춤추러 가본 적이 없는데. 캐시는 춤추러 갈 때 입을 새 드레스를 맞춰 가기도 했어. 가끔 딸들도 데려왔는데, 어찌나 예쁘고 귀엽고 예의바르던지. 캐시가 딸들을 처음 데려왔을 때가 잊히질 않아. 캐시가 말했어. '프리티 나이슬리 걸즈를 소개해도 될까요?' 내가 '어쩜, 정말 사랑스러운 아이들이네요' 하고 말을 시작하는데 그 여자가 그러는 거야. '그게 아니라요. 핸스턴에서는, 학교에서는 애들을 이렇게 불러요. 프리티 나이슬리 걸즈라고요.' 그건 어떤 기분일까, 나는 늘 그게 궁금했어. 프리티 나이슬리 걸로 통하는 건 어떤 기분일까?" 엄마가 그 다급한 목소리로 말했다. "하지만 한번은 그애들이 우리집에서 이상한 냄새가 난다고 소곤거리는 걸 내가 들어버렸어……"

"그냥 애들이잖아요, 엄마." 내가 말했다. "애들은 어느 장소건 이상한 냄새가 난다고 생각해요."

엄마는 안경을 벗고 안경알 각각에 후후 입바람을 분 뒤 자신의 스커트로 닦았다. 그 순간 나는 엄마의 얼굴이 정말로 벌거벗은 듯 보인다고 생각했다. 나는 엄마의 벌거벗은 듯 보이는 얼굴에서 시선을 뗄 수가 없었다. "그러던 어느 날, 너도 알다시피 시대가 변해버렸어. 사람들은 우리가 다들 60년대에 바보가 됐다고 생각하지만 사실 70년대까지는 그렇지 않았어. 정말로." 엄마가 다시 안경을 쓴 뒤—엄마의 원래 얼굴이 돌아왔다—말을이었다. "아니면 변화의 물결이 소를 키우던 우리의 작은 땅뙈기에 다다를 때까지 그만큼의 시간이 걸렸거나. 어느 날 캐시가 나를 찾아왔는데, 실실거리면서 좀 이상했어. 소녀 같았다고 할까. 그때 너는 가고 없었어……" 엄마가 팔을 들어 손가락을 꼼지락거렸다. 엄마는 '학교에' 갔다는 말은 하지 않았다. '대학에' 갔다는 말도 하지 않았다. 그래서 나도 그런 말들을 입에 올리지 않았다. 엄마가 말했다. "캐시가 누굴 만났는데 그 사람한테 빠져버린 거야. 캐시가 속을 털어놓은 건 아니었지만 내 눈엔 훤히

26

보였어. 내 눈엔 그 장면이 보였어―환시라고 말하면 더 정확하
겠지. 캐시를 보고 있는데 그 장면이 나타나는 거야. 그걸 보면
서 생각했어. 저런, 캐시가 곤란한 상황에 빠졌는걸."

"정말로 그랬던 거군요." 내가 말했다.

"정말로 그랬지."

캐시 나이슬리가 사랑에 빠진 상대는 아이들―그때는 셋 모
두 고등학생이었다―중 하나의 선생이었고, 그녀는 남몰래 그
남자를 만나기 시작했다. 그러던 어느 날 그녀는 남편에게 자신
은 더 완전하게 자아를 실현해야 한다고, 그런데 가정이라는 굴
레 안에서는 불가능하다고 말하고는 집을 나가버렸다. 남편도,
딸들도, 집도 다 버렸다. 캐시는 울면서 엄마에게 전화했고, 엄마
는 그제야 자세한 내막을 알게 되었다. 엄마가 차를 몰고 그녀를
만나러 갔다. 캐시는 작은 아파트를 빌려 살고 있었다. 그녀는
빈백의자*에 앉아 있었는데, 전보다 훨씬 말라 보였다. 그녀는 엄
마에게 한 남자와 사랑에 빠졌지만 그녀가 집을 나오자 그가 그
녀를 차버렸다고 털어놓았다. 그 남자는 그들이 지금껏 해오던
걸 계속할 수 없다고 했다. 엄마는 여기까지 말하더니, 이건 정말

---

* 작은 플라스틱이나 고무를 넣어 만든, 앉는 자세에 따라 의자의 형태가 잡히는
의자.

알 수 없는 수수께끼 같은 일이지만 엄마에게 즐겁지 않은 일은 아니라는 듯 눈썹을 치켰다. "어쨌거나 캐시의 남편은 엄청 분노한데다 수치심을 느껴서 캐시를 다시 받아주지 않으려 했어."

캐시의 남편은 그녀를 다시는 받아주지 않았다. 십 년이 넘게 그녀와는 말도 섞지 않았다. 맏딸 린다는 고등학교를 졸업하고 곧바로 결혼식을 올렸는데, 캐시가 우리 부모님을 결혼식에 초대했다. 엄마는 캐시가 결혼식에서 말할 상대가 없었기 때문에 그랬을 거라고 짐작했다. "결혼을 너무 급하게 서둘러서 다들 그 애가 임신했다고 생각했지." 엄마의 말이 빨라졌다. "하지만 나는 아기가 태어났다는 이야기를 들은 적이 없어. 일 년 뒤에 그 애는 이혼하고 벌로이트로 갔는데, 틀림없이 부자 남편을 찾으러 간 걸 거야. 그런 남편을 찾았다는 말을 들은 것 같기도 하거든." 엄마는 결혼식 때 캐시가 몹시 불안정한 모습으로 돌아다녔다고 말했다. "보기 딱했어. 물론 우리가 아는 사람은 한 명도 없어서, 누가 보더라도 캐시가 우리를 거기 오도록 고용한 거나 다름없었지. 우리는 의자에 앉아 있었어. 내 기억으론 결혼식장 한쪽 벽에 붙어 앉았어. 왜, 있잖아. 더 클럽이라고 핸스턴에 있는 그 바보 같고 화려한 곳 말이야. 유리 밑에 죄다 인디언 화살촉을 넣어놓았는데, 뭣 때문에 그렇게 해놨는지 몰라. 그 화살촉에 누가 관심이나 갖는다고. 캐시는 다른 사람한테 가서 말을 붙였다가도 바로 우리한테 돌아왔어. 린다는 하얀 드레스—캐시가 나한테 만들어달라고 부탁한 게 아니라 린다가 직접 가서 사온 드레스였단다—를 입고 있었는데, 그날의 신부 린다조차 제 엄마한테는 말도 걸지 않았어. 캐시는 남편—지금은 전남편이지만—집에서 몇 마일 떨어진 작은 집에서 십오 년 가까이 살고 있어. 혼자서. 딸들은 저희 아빠 곁을 충실히 지켰어. 그걸 보면 캐시가 딸의 결혼식에 와도 좋다는 허락을 받은 게 오히려 놀라운 일이야. 어쨌거나 그 남편은 다른 여자를 만나지는 않았어."

"남편이 캐시를 다시 받아줬어야 했어요." 그렇게 말하는데 내 눈에 눈물이 글썽거렸다.

"자존심을 다쳤던 게지." 엄마가 어깨를 으쓱했다.

"지금은 남편도 혼자고, 캐시도 혼자고, 언젠가는 그 두 사람도 죽을 거잖아요."

"맞는 말이야." 엄마가 말했다.

그날 엄마가 내 발치에 앉아 있는 동안 나는 캐시 나이슬리의 운명을 생각하느라 심란한 마음을 가눌 수 없었다. 적어도 내 기억에는 그렇게 남아 있다. 내가 엄마에게 캐시 남편이 캐시를 다시 받아줬어야 했다고 말했던 것은 사실이다—내 목구멍에는 덩어리가 걸린 듯했고 눈은 따끔거렸다. 이렇게 말했던 게 확실하다. "그는 후회할걸요. 장담하는데, 후회할 거예요."

그러자 엄마가 말했다. "후회할 사람은 캐시 같은데."
하지만 엄마가 한 말은 그 말이 아니었는지도 모른다.

내가 열한 살이 될 때까지 우리는 차고에서 살았다. 차고는 그 바로 옆집에 살던 종조부 소유였는데, 그 차고에서는 임시로 만든 개수대에서 똑똑 떨어지는 찬물만 쓸 수 있었다. 벽에 못을 박아 고정시킨 단열재는 분홍색 솜사탕 같은 재료로 만든 것이었지만 실제로는 유리섬유라 손을 베일 수 있다고 했다. 나는 어리둥절했고, 종종 그걸 물끄러미 쳐다보며 이렇게 예쁜 분홍색에 손을 댈 수 없다니, 하고 생각하곤 했다. 그걸 '유리'라고 부른다는 사실도 어리둥절했다. 우리가 매순간 그 수수께끼 같은 예쁜 분홍색의 위험한 유리섬유를 바로 옆에 두고 살았다는 사실이 내 머릿속을 얼마나 많은 시간 동안 차지했는지 지금 생각하면 신기할 정도다. 언니와 나는 캔버스 천으로 만든 간이침대에서 잠을 잤는데, 철제 봉을 이용해 아랫단 위에 한 단을 더 올린 이층 침대였다. 부모님은 드넓은 옥수수밭이 내다보이는 창문 아래에서 잠을 잤고, 오빠는 저만치 떨어진 구석에 놓인 간이 침대를 썼다. 밤마다 나는 작은 냉장고가 내는 윙윙 소리에 귀를 기울였다. 소리는 들리다 잠잠해지곤 했다. 어떤 밤은 창문을 통해 달빛이 들어왔고, 또 어떤 밤은 매우 어두웠다. 겨울에는 너무 추워 더러 잠들지 못할 때도 있었는데, 가끔은 엄마가 버너로 끓인 물을 고무로 된 빨간색 핫보틀에 넣어주며 나더러 그걸 끌어안고 자라고 하기도 했다.

종조부가 돌아가시자 우리는 그 집에 들어가 살았다. 더운물과 수세식 변기를 쓸 수 있었지만, 겨울에는 여전히 지독하게 추웠다. 나는 추위라면 늘 질색했다. 우리가 어떤 길을 택할 때 그 길을 결정하는 요소는 분명히 존재하겠지만, 그 요소를 찾아내거나 정확히 짚어내는 일은 좀처럼 쉽지 않다. 이따금 나는 어째서 내가 학교에 늦게까지 남아 있으려고 했는지를 생각해본다. 학교는 따뜻했고, 나는 그저 따뜻하게 있고 싶었다. 수위 아저씨는 늘 온화한 표정으로 말없이 고개를 끄덕이며 라디에이터가 쉭쉭거리는 교실로 나를 들여보내주었다. 나는 거기서 숙제를 했다. 종종 체육관에서 치어리더들이 연습하는 소리나 농구공 튕기는 소리가 희미하게 들렸을 테고, 음악실에서는 밴드부가 연습을 하고 있었겠지만, 나는 따뜻하게 교실에 혼자 있었다. 숙제란 하기만 하면 끝나는 거라는 사실을 깨달은 것도 그때였다. 숙제가 어떤 원리로 주어지는지도 그때 깨달았는데, 집에서 했더라면 깨닫지 못했을 것이다. 숙제를 마치면 나는—어쩔 수 없이 교실에서 나와야 할 때까지—책을 읽었다.

우리가 다닌 초등학교는 도서실을 갖추고 있을 만큼 크지는 않았지만, 교실에 책이 좀 있어서 집으로 가져가 읽을 수 있었다. 3학년 때 어떤 책을 읽은 뒤로 나는 책이 쓰고 싶어졌다. 그 책은 두 자매에 관한 내용이었는데, 그애들은 좋은 엄마를 두었고, 여름에는 다른 타운에 가서 지내는 행복한 아이들이었다. 처음 간 그 타운에 틸리—틸리!—라는 이름의 여자애가 살고 있었는데, 지저분하고 가난해서 이상해 보이고 매력적이지도 않았다. 자매는 틸리에게 잘해주지 않았지만, 그애들의 좋은 엄마가 잘해주라고 했다. 이것이 내가 그 책 『틸리』에서 기억하는 내용이다.

담임선생님은 내가 독서를 좋아한다는 사실을 알고 내게 책을 주었는데, 그중에는 어른들이 읽는 책도 있었다. 나는 그 책들을 읽었다. 고등학생이 된 뒤에도 나는 여전히 따뜻한 학교에서 숙제를 했고, 숙제를 마치면 책을 읽었다. 그 책들 덕에 몇 가지 언

은 것이 있다. 이것이 내 말의 요점이다. 책이 내 외로움을 덜어
주었다. 이것이 내 말의 요점이다. 그래서 생각했다. 나도 사람
들이 외로움에 사무치는 일이 없도록 글을 쓰겠다고! (하지만 그
건 나만의 비밀이었다. 남편과 만나면서도 그 얘기를 바로 털어
놓지는 않았다. 나는 나 자신을 진지하게 여길 수 없었다. 하지
만 진지했다고 말하는 것이 진실이고, 나는 나 자신에 대해—혼
자 남몰래—아주 진지하게 생각했다! 나는 내가 작가라는 사실
을 알고 있었다. 그 길이 얼마나 험난할지는 몰랐다. 하지만 그
건 어느 누구도 모른다. 그러니 그건 중요하지 않다.)

따뜻한 교실에서 보낸 시간 덕에, 그 시절의 독서 덕에, 숙제
를 하나도 빼놓지 않고 충실히 하는 게 의미가 있다는 걸 깨달은
덕에—이런 것들 덕에—내 성적은 점점 완벽해졌다. 고등학교
졸업반 때 진로 상담 선생님이 나를 상담실로 불러, 시카고 외곽
의 어느 대학에서 모든 비용을 다 대주는 조건으로 입학을 제의
했다는 말을 전해주었다. 부모님은 이 이야기를 듣고도 별다른
말을 하지 않았는데, 아마 성적이 완벽하지 않고 심지어 특별히
좋지도 않았던 오빠와 언니가 속상해할까봐 그랬을 것이다. 오
빠와 언니는 모두 대학에 가지 않았다.

찌는 듯 무더운 날에 나를 그 대학까지 차로 데려간 사람은 진
로 상담 선생님이었다. 오, 말은 하지 않았지만 나는 보자마자

숨도 쉴 수 없을 만큼 그곳이 좋았다. 학교는 어마어마하게 커보였고, 어디를 처다보건 건물이 있었다―내 눈에는 호수가 굉장히 커 보였다. 사람들이 강의실을 들락거리며 한가로이 돌아다니고 있었다. 나는 더럭 겁이 났지만, 흥분되는 심정에 비길 수는 없었다. 금세 나는 사람들을 따라 하는 법을 습득했고, 대중문화에 대한 지식이 부족하다는 것을 들키지 않으려고 애썼다. 하지만 그 부분만큼은 쉽지 않았다.

기억나는 일이 있다. 추수감사절이라 집에 돌아온 날 밤, 나는 잠을 이루지 못했다. 대학생활이 꿈일까봐 두려웠고, 눈을 뜨면 다시 이 집에서 영원히 머물게 될까봐 두려웠다. 그렇게 되면 견딜 수 없을 것 같았다. 나는 생각했다. 안 돼. 그 생각을 한참 하다 나는 겨우 잠이 들었다.

나는 대학교 근처에서 일자리를 구했고, 중고품 할인점에서 옷을 사 입었다. 때는 70년대 중반이었고, 가난하지 않은 사람이 그런 옷을 사 입더라도 받아들여지던 시절이었다. 내가 아는 한 아무도 내 옷차림에 대해 뭐라고 말하지 않았지만, 딱 한 번 이런 일이 있었다. 남편을 만나기 전 나는 어느 교수와 깊은 사랑에 빠져 잠시 사귄 적이 있었다. 그는 예술가였고 나는 그의 작품을 좋아했지만, 내가 그의 작품을 이해하지 못했던 것은 나도 잘 안다. 내가 사랑한 것은 그였다. 나는 그의 냉혹함, 그의 지성,

자신에게 가능한 삶을 위해서는 어떤 것을 포기해야 한다는—예컨대 아이, 그것도 포기 대상이었다—걸 그가 알고 있다는 사실을 사랑했다. 하지만 내가 지금 이 이야기를 기록하는 것은 오로지 한 가지 목적에서이다. 내 젊은 날을 돌이켜봤을 때 내 옷차림에 대해 언급한 사람은 그가 유일했고, 그는 나를 자기 학과의 어느 여자 교수와 비교하면서 말을 꺼냈다. 그 여자는 비싼 옷을 입었고 덩치가 컸지만, 나는 그렇지 않았다. 그가 말했다. "너한테는 본질적인 면이 더 있고, 아이린은 스타일이 더 있어." 내가 말했다. "스타일이 본질이에요." 내가 그때 그 말이 진실임을 알았던 것은 아니다. 그건 어느 날 셰익스피어 강의 시간에 담당 교수가 했던 말인데, 내가 생각하기에도 맞는 것 같아 적어둔 것뿐이었다. 그 예술가가 말했다. "그렇다면 아이린한테 본질적인 면이 더 있는 거네." 내가 입는 옷이 나 자신과 동일시되어 내가 그에게 아무 스타일도 없는 사람으로 여겨진다는 사실에 나는 얼마간 당혹감을 느꼈다. 중고품 할인점에서 구입한 옷이라도 평범하지 않다면, 깊이가 별로 없는 사람에게는 그렇지 않겠지만 그 옷도 뭔가 의미를 가질 수 있다는 생각이 그 순간에는 전혀 떠오르지 않았다. 어느 날 그가 말했다. "이 셔츠 마음에 들어? 예전에 뉴욕에 갔을 때 블루밍데일에서 구입한 거야. 이 셔츠를 입을 때마다 그 사실이 늘 감동적으로 다가와." 나는 또다시 당혹감을 느꼈다. 그가 그 사실을 정말로 중요하게 여기는 것 같아서였다. 나는 그가 그보다는 더 깊이가 있다고, 그보다는 더 스마트한 사람이라고 생각했었다. 그는 예술가인데! (나는 그를 아주 많이 사랑했다.) 또한 그는 내 사회적 계급을 궁금해한— 그 무렵 나는 그 문제로 논쟁을 하고 싶은 마음은 없었다—최초의 사람이었던 것으로 내 기억에 남아 있다. 그가 나를 차에 태워 이 동네 저 동네 돌아다니면서 "저 집이 네가 살던 집하고 비슷해?" 하고 물어보곤 했기 때문이다. 하지만 그가 가리킨 집들은 내게 익숙한 그 어떤 집과도 비슷하지 않았다. 그 집들은 크지 않았지만, 내가 그에게 말했던 내가 자란 그 차고와는 전혀 비슷하지 않았고, 내 종조부의 집이었던 그 집과도 비슷하지 않았다. 나는 그 차고에서 살았던 사실에 대해 유감—내 생각에 그가 나에 대해 상상했을 그런 유감—이 없었지만, 그는 내가 그런 유감을 느낄 거라고 생각하는 것 같았다. 그럼에도 나는 그를 사랑했다. 그는 내가 자랄 때 우리 식구들이 뭘 먹었는지 물었다. "대개는 빵에 당밀을 발라 먹었어요." 그렇게는 말하지 않았다. "구운 콩을 많이 먹었어요." 그렇게 말했다. 그러자 그가 말했다. "그뒤에는 뭘 했어? 모두 돌아다니면서 방귀를 뀌었어?" 그 순간 나는 그와 절대 결혼은 하지 않을 것임을 깨달았다. 한 가지 사건에서 그런 깨달음을 얻을 수 있다니 참 재미있는 일이다.

누구는 늘 원했던 아이를 포기할 마음을 먹고, 자신의 과거나 옷에 대한 발언도 참아보려 하는데, 그 순간 그런 작은 말 한마디에 영혼의 부피가 줄어들며 이런 말이 튀어나오는 것이다. 오.

그뒤로 나는 많은 남자와 여자와 친구가 되었지만 그들도 그비슷한 말을 했다. 늘 무심결에 진실을 드러내는 그런 한마디를 하는 것이다. 내가 말하려는 것은, 이것이 단지 한 여자의 이야기는 아니라는 것이다. 그런 일은 많은 사람들에게 일어난다. 우리가 그런 한마디를 듣고 그 한마디에 주의를 기울일 만큼 운이 좋다면 말이다.

돌이켜보면 그 시절의 나는 아주 이상했고 말할 때의 목소리는 너무 컸던 것 같다. 대중문화에 대한 이야기가 나오면 입을 다물었을 것이다. 내가 잘 모르는 평범한 유머에는 어색하게 반응했을 것이다. 나는 반어라는 개념을 전혀 이해하지 못했던 것 같고, 사람들은 그 사실에 어리둥절해했다. 내가 남편 윌리엄을 처음 만났을 때 나는 그가 정말로 내 안에 있는 뭔가를 이해한다고 느꼈다—정말 놀라운 일이었다. 그는 내가 2학년 때 수강한 생물학 수업의 실험조교였는데, 그에게는 자신만의 독자적인 세계관이 있었다. 남편은 매사추세츠 주 출신으로, 메인 주의 감자밭으로 보내져 노역을 해야 했던 독일인 전쟁 포로의 아들이었다. 다른 노역자들과 마찬가지로 종종 반쯤 굶주린 채 지내던 이 독일인 전쟁 포로는 한 농부의 아내의 마음을 샀고, 전쟁이 끝난 뒤 독일로 돌아갔지만 그녀를 잊지 못해 독일과 독일인이 저지른 행위에 환멸을 느낀다는 내용의 편지를 써 보냈다. 그는 메인으로 돌아왔고, 그 농부의 아내와 함께 매사추세츠로 달아났다. 그곳에서 그는 토목기사가 되는 훈련을 받았다. 당연한 일이지만 그들이 결혼한 뒤 그의 아내는 큰 희생을 치러야 했다. 내 남편도 그의 아버지의 사진에서 보았던 금발 독일인의 외모를 가졌다. 그의 아버지는 윌리엄이 자랄 때 독일어를 많이 썼다. 하지만 윌리엄이 열네 살 때 아버지가 돌아가셨다. 윌리엄의 아버지와 어머니가 주고받은 편지 중 남아 있는 것은 없다. 그의 아버지가 독일에 정말로 환멸을 느꼈는지 그건 모르겠다. 윌리엄은 그렇게 믿었고, 나 또한 오랫동안 그렇게 믿었다.

과부가 된 어머니의 지나친 요구에서 벗어나기 위해 윌리엄은 중서부에 있는 학교로 진학했지만, 내가 그를 만났을 때 그는 한시라도 빨리 동부로 돌아가고 싶어 안달이 나 있었다. 그런데도 그는 내 부모님을 만나고 싶어했다. 둘이 같이 앰개시로 가서, 우리가 결혼해서 뉴욕에 갈 거라고 부모님께 말하자고 한 건 그의 생각이었다. 그는 뉴욕 어느 대학의 박사 후 과정에 들어가기로 되어 있었다. 사실 나는 내 부모님을 만나러 가는 것이 걱정할 일이라는 생각은 들지 않았었다. 뭔가에 대해 등을 돌린다는 생각 자체가 내게는 없었다. 나는 사랑에 빠져 있었고, 인생은 앞으로 나아가는 것이니, 그러는 게 자연스럽게 느껴졌다. 우리는 차를 타고 콩과 옥수수가 자라는 방대한 땅을 지나갔다. 6월 초라 한쪽에서는 콩이, 맞은편에서는 옥수수가 자라고 있었다. 선명한 녹색을 띤 콩이 깔보듯 기울어진 들판을 그 아름다움으로 환하게 밝히고 있었다. 내 무릎 높이만큼도 자라지 않은 옥수수는 지금은 밝은 녹색이지만 몇 주 뒤면 더 짙어질 테고 그 나긋나긋한 잎도 점점 억세질 것이었다. (오, 내 어린 시절의 옥수수여, 너는 내 친구였다! 나는 줄지어 심어진 옥수수 사이를 뛰고 또 뛰어, 여름에, 오로지 아이만이 가능한 뜀박질로 뛰어, 혼자, 옥수수밭 한가운데 우뚝 선 그 적막한 나무로 달려갔었다.) 내 기억으로는 우리가 차를 타고 지나갈 때 회색으로 펼쳐져 있던 하늘이 위로 올라가는—뚜렷하지는 않았지만 올라갔다—것처럼 보였다. 위로 올라가면서 점점 옅어지는 느낌, 푸른색이 살짝 스친 회색, 초록 잎이 무성한 나무, 모두 더없이 아름다운 풍경이었다.

남편이 우리집이 그렇게 작을 줄은 몰랐다고 말했던 것도 기억난다.

우리는 부모님의 집에서 하루를 다 보내지는 않았다. 아빠는 커버올스*를 입고 있었는데, 윌리엄을 쳐다본 뒤 악수를 할 때 얼굴이 심하게 일그러졌다. 내가 어렸을 때—혼자—그것이라고 불렀던 사건, 그러니까 아빠가 매우 불안해하면서 스스로를 통제하지 못하게 되는 그런 사건이 벌어지기 전 아빠 얼굴에 종종 나타나던 그런 표정이었다. 그 뒤로 아빠는 윌리엄을 다시 쳐다보지 않았던 것 같지만, 확실하지는 않다. 윌리엄은 부모님과 오빠, 언니에게 우리 가족이 정한 장소에서 저녁을 대접하겠다며 다 같이 시내로 나가자고 제안했다. 그가 그 말을 했을 때 내 얼굴은 태양처럼 뜨거워졌다. 우리는 레스토랑에서 가족 외식을 한 적이 없었다. 아빠가 그에게 말했다. "자네 돈은 여기선 쓸모가 없어." 그러자 윌리엄이 영문을 모르겠다는 표정으로 나를 쳐다보았고, 나는 작게 고개를 가로저었다. 그리고 나는 이제 가봐야겠다고 중얼거렸다. 엄마가 차 옆에 혼자 서 있는 내게 걸어와 말했다. "네 아빠는 독일인하고 문제가 많았어. 미리 말을 했어야지."

"말했어야 한다고요?"

"네 아빠가 참전했던 건 너도 알지? 네 아빠는 독일인 손에 죽

---

* 상의와 하의가 붙어 있는 작업복. 오버올과 달리 소매가 있다.

을 뻔했어. 아빠가 윌리엄을 본 순간부터 얼마나 힘들어하고 있는지 아니?"

"저도 아빠가 참전한 건 알아요." 내가 말했다. "하지만 아빠가 그런 이야기를 한 적은 없잖아요."

"전쟁 경험을 한 남자는 두 부류로 나눌 수 있단다." 엄마가 말했다. "한 부류는 그 이야기를 떠벌리고, 다른 부류는 입을 다물지. 네 아빠는 입을 다무는 쪽에 속하고."

"왜 그러는 건데요?"

"말하면 품위가 없잖니." 엄마가 말했다. 그러고는 덧붙였다. "맙소사, 누가 너를 키웠니?"

그로부터 한참 뒤, 오랜 세월이 흐른 뒤에야 나는 오빠로부터 아빠가 독일의 한 타운에서 두 젊은 남자와 맞닥뜨린 이야기를 듣게 되었다. 아빠는 깜짝 놀라 그들의 등을 쏘았지만, 그들이 군복을 입지 않은 것을 보고 군인이 아니라고 생각했다. 하지만 이미 총을 쏜 뒤였기 때문에 발로 차서 한 명의 몸을 뒤집어보니 아주 젊은 남자였다. 오빠는 윌리엄이 아빠의 눈에는 그 젊은 남자처럼 보였을 거라고, 그 남자가 아빠를 조롱하며 아빠의 딸을 데려가려고 되살아난 것처럼 보였을 거라고 말했다. 아빠는 독일 청년 둘을 죽였고, 임종을 앞두고 오빠에게 그 사실을 고백했다. 그 청년들을 생각하지 않고 넘어간 날이 단 하루도 없었다고, 대가를 치르기 위해 자신도 목숨을 끊었어야 했다고 느긴다고. 내가 모르는 그 전쟁에서 아빠에게는 또 어떤 일이 일어났을까. 아빠는 벌지 전투*에도, 휘르트겐 숲 전투**에도 참전했는데, 두 곳은 그 전쟁에서 가장 참혹했던 전투가 벌어진 현장이었다.

우리 가족은 내 결혼식에 오지 않았고 우리 결혼을 인정하지도 않았지만, 첫딸이 태어났을 때 나는 뉴욕에서 부모님에게 전화를 걸었다. 엄마는 꿈을 꾸었다며 내가 딸을 낳은 걸 이미 알고 있었다고 말했다. 하지만 아기의 이름은 몰랐고, 크리스티나라는 이름을 듣자 기뻐하는 것 같았다. 그뒤로 나는 부모님의 생일과 명절에, 그리고 둘째 딸 베카가 태어났을 때 전화를 했다. 우리는 서로 예의를 갖춰 말했지만 나는 늘 마음이 불편했고, 창으로 크라이슬러 빌딩의 환한 불빛이 흘러들어오는 그 병원 침대 발치에 엄마가 나타나기 전까지는 가족 중 어느 누구도 보지 못했다.

---

* 2차대전 당시 서부전선에서 독일군이 벌인 최후의 대반격에 대해 연합군이 붙인 이름.
** 2차대전 당시 서부전선에서 독일군과 연합군 간에 벌어진 전투로, 서부전선 전투 사상 가장 치열하고 길었던 전투 중 하나다.

어둠 속에서 나는 조용히 엄마에게 지금 깨어 있느냐고 물었다.

응, 그래. 엄마가 대답했다. 조용히. 창문으로 크라이슬러 빌딩의 환한 불빛이 보이는 병실에는 우리 둘뿐이었지만, 우리는 다른 사람에게 방해가 되지 않겠다는 듯 소곤소곤 말했다.

"캐시가 사랑했던 그 남자는 캐시가 남편을 떠났을 때 왜 관계를 지속할 수 없다고 말했을까요? 겁이 났던 걸까요?"

잠시 뒤에 엄마가 말했다. "글쎄. 캐시 말로는 그 남자가 자기는 호모라고 고백했다던데."

"게이라고요?" 내가 일어나 앉으며 내 침대 발치에 앉은 엄마를 바라보았다. "그 남자가 자기를 게이라고 했대요?"

"요즘엔 그렇게 부르는 것 같더라만 그 당시엔 '호모'라고 했어. 그 남자가 '호모'라고 말했어. 아니면 캐시가 그렇게 말했겠지. 누가 '호모'라고 했는지는 몰라. 하지만 그 남자가 그거였대."

"엄마, 오, 엄마. 정말 웃겨요." 엄마도 웃기 시작했는지 웃음 소리가 내 귀에 들렸지만, 엄마는 이렇게 말했다. "위즐, 난 뭐가 그렇게 웃긴지 도통 모르겠구나."

"엄마가 웃겨요." 너무 웃는 바람에 나는 눈물까지 찔끔거렸다. "그 이야기도 웃기고요. 그거 정말 끔찍한 이야기네요!"

여전히 웃으면서―웃음도 엄마가 낮시간에 말할 때의 목소리처럼 억제되고 다급한 느낌이었다―엄마가 말했다. "호모 게이인 사람 때문에 남편을 떠났는데 그를 오롯이 차지하게 됐다고 생각한 순간 그 사실을 알게 된 게 뭐가 그리 우스운지 모르겠구나."

"웃겨 죽겠어요, 엄마." 나는 다시 드러누웠다.

엄마가 생각에 잠긴 채 말했다. "가끔 생각하는 건데, 그 남자는 게이가 아니었을지도 몰라. 캐시가 그렇게 나오니까 겁을 먹은 거지. 자기 때문에 캐시가 인생을 버린 거잖아. 어쩌면 그 얘긴 그 남자가 꾸며낸 건지도 몰라."

나는 그 말을 곰곰이 생각해보았다. "하지만 그 시절에 남자가 자신에 대해 그런 말을 꾸며낼 수 있었을지 잘 모르겠어요."

"오." 엄마가 말했다. "오, 네 말이 맞는 것 같구나. 솔직히 나도 캐시의 남자에 대해선 아는 게 없어. 그 남자가 아직 그러고 다니는지 어떤지도 전혀 모르고."

"둘이 그걸 했대요?"

"모르지." 엄마가 대답했다. "내가 어떻게 알겠니? 뭘 해? 성관계? 내가 무슨 수로 알겠니?"

"틀림없이 성관계를 했을 거예요." 내가 그 말을 한 건 그렇게 말하는 게 재미있어서이기도 했지만, 그렇게 믿었기 때문이기도 했다. "그냥 반했다고 세 딸과 남편을 두고 달아나지는 않아요."

"달아날 수도 있지."

"그래요. 그럴 수도 있겠네요." 그러고는 물었다. "그런데 캐시의 남편 나이슬리 씨는 정말 그뒤로 아무도 안 만났어요?"

"전남편이지. 그는 캐시와 번개같이 이혼했어. 아무튼 다른 여자를 만나진 않았을 거야. 그런 낌새는 전혀 없는 것 같아. 하지만 누가 알겠니."

우리가 이전에는 결코 가능하지 않았던 방식으로 이런 대화를 나눌 수 있었던 것은 문틈으로 들어오는 희미한 불빛 외에는 주위가 어두웠던데다, 바로 저편에 보이는 웅장한 크라이슬러 빌딩의 빛무리 때문이었을 것이다.

"사람들이란." 내가 말했다.

"사람들이란." 엄마가 말했다.

나는 정말로 행복했다. 오, 엄마와 이런 식으로 대화를 나눌 수
있다는 사실이 나는 행복했다!

그 시절—앞서 말했듯 1980년대 중반이었다—에 윌리엄과 나는 웨스트빌리지의 강 근처 작은 아파트에서 살았다. 엘리베이터도 없고 세탁 시설도 없는 건물에서 어린 두 아이를 데리고 살아간다는 건 녹록지 않은 일이었다. 게다가 우리는 개도 한 마리 키웠다. 나는 둘째를 베이비 캐리어에 업고—그러기엔 너무 커버릴 때까지—개를 산책시켰고, 안내판에서 시키는 대로 개가 싼 똥을 비닐봉지에 주워 담느라 허리를 굽히는 부주의한 행동까지 했다. 개의 배설물을 치워주세요. 나는 늘 큰딸에게 기다리라고, 보도 밖으로 나가면 안 된다고 소리를 질렀다. 기다려, 기다려!

　나에게는 친구가 둘 있었는데, 그중 한 명인 제러미에게는 애

48

정에 가까운 감정을 품고 있었다. 그는 우리 건물의 꼭대기 층에 살았는데, 나이가 아빠만큼 든 것은 아니었지만 거의 그쯤 되어 보였다. 그는 원래 프랑스 귀족 출신이었지만, 젊었을 때 새 삶을 시작하기 위해 그 전부를 포기하고 미국으로 건너왔다. "그 시절에는 별의별 사람이 다 뉴욕에 오려고 했어요." 그가 내게 말했다. "다들 이곳에 오려고 했었죠. 그건 지금도 그런 것 같지만." 제러미는 중년이 되었을 때 심리분석가가 되기로 결심했다. 내가 그를 만났을 때에도 그는 환자 몇 명을 맡고 있었는데, 내게 그 일이 어떤 것인지는 말하려 하지 않았다. 그의 사무실은 뉴스쿨 대학교 건너편에 있었고, 그는 일주일에 세 번 그곳에 갔다. 길에서 그를 지나치기만 해도, 그리고 그를 보기만 해도—그는 키가 크고 마르고 짙은 머리색에 짙은 색 정장을 입었으며 영혼이 충만한 얼굴을 하고 있었다—내 가슴은 부풀어올랐다. "제러미!" 내가 그의 이름을 부르면 그는 싱긋 웃고는 정중하게 옛날에 유럽에서 하던 방식—내 눈에는 그렇게 보였다—으로 모자를 들어올리곤 했다.

내가 그의 아파트에 들어가본 건 딱 한 번이었다. 우리집 문이 잠겨 안에 들어가지 못하고 건물 관리인이 올 때까지 기다려야 했을 때였다. 개와 두 아이를 데리고 건물 앞 계단에 있는 나를 제러미가 발견했다. 그는 어쩔 줄 몰라하는 나를 보더니 그의 집에 우리를 들어가게 해주었다. 그의 집 안으로 들어가자 아이들은 이곳에 다른 아이들이 들어온 적이 없었다는 걸 알고 있다는 듯 대번에 조용해지고 얌전해졌다. 사실 나도 제러미의 아파트에 아이들이 들어가는 건 한 번도 보지 못했다. 남자 한둘 혹은 이따금 여자 하나가 들어갈 뿐이었다. 아파트는 깨끗했고 가구가 많지 않았다. 자주색 아이리스 한 송이가 유리병에 꽂혀 하얀 벽 앞에 놓여 있었고, 벽은 예술작품으로 꾸며져 있었다. 그걸 본 순간 나는 그와 나 사이의 거리가 얼마나 먼지 알 수 있었다. 내가 이렇게 말하는 이유는 내가 그 예술작품을 이해하지 못했기 때문이다. 짙은 색의 길쭉한 형체들이 그려져 있었는데, 추상에 가깝지만 완전히 추상이라고는 할 수 없는 구성들로, 나로서는 절대 이해할 수 없는 현학적인 세계의 징후라는 것만 알 수 있었다. 우리 가족이 자신의 공간에 있는 것을 제러미가 불편해한다는 게 감지되었다. 하지만 그는 더할 나위 없는 신사였고, 이것이 내가 그를 그토록 좋아했던 이유였다.

제러미에 관한 세 가지 사실:

어느 날 내가 건물 앞 계단에 서 있는데, 그가 건물에서 나오길래 내가 말했다. "제러미, 가끔 여기 서 있으면 내가 정말로 뉴욕에 있다는 사실이 믿어지지 않아요. 내가 여기 서서 생각을 한다는 거, 누가 짐작이나 했겠어요? 내가! 바로 내가 뉴욕이라는 도시에 살고 있다니요!"

그러자 그의 얼굴에 어떤 표정이 스쳤는데—너무 순식간에, 너무도 무심결에—정말로 혐오스럽다는 표정이었다. 도시 사람들이 완전한 지방 출신들에게 느끼는 혐오감의 깊이를 내가 아직 깨닫지 못했을 때였다.

제러미에 관한 두번째 사실: 뉴욕에 이사 온 직후에 내 첫 단편이 발표되었고, 얼마간의 공백 뒤에 두번째 단편이 발표되었다. 어느 날 계단에서 크리시가 제러미에게 불쑥 말했다. "엄마 소설이 잡지에 실렸어요!" 제러미가 나를 돌아보았다. 그러고는 나를 유심히 쳐다보았다. 나는 시선을 피해야 했다. "아니에요, 아니에요." 내가 말했다. "별거 아닌데 정말로 작은 문예지에 실린 거예요." 그가 말했다. "그러면…… 당신은 작가로군요. 예술가요. 나는 예술가들과 같이 일을 해요. 당신이 예술가라는 사실을 난 줄곧 알고 있었던 것 같아요."

나는 고개를 가로저었다. 나는 대학 때 사귄 그 예술가를, 그가 그 자신에 대해 파악하고 있던 사실을, 그가 아이를 포기할 수 있는 사람이었음을 생각했다.

제러미가 건물 앞 계단에 앉아 있던 내 옆에 앉았다. "예술가는 다른 사람들과는 달라요."

"아니에요. 그렇지 않아요." 내 얼굴이 붉어졌다. 나는 늘 다른 사람들과 달랐다. 더는 달라지고 싶지 않았다!

"하지만 사실이 그런걸요." 그가 내 무릎을 톡톡 쳤다. "당신도 틀림없이 냉혹하겠군요, 루시."

크리시가 폴짝거렸다. "슬픈 이야기래요." 그리고 말했다. "저는 아직 읽을 줄 몰라요. 몇 단어는 읽을 줄 알지만요. 슬픈 이야기래요."

"내가 읽어봐도 될까요?" 제러미가 물었다.

나는 안 된다고 대답했다.

나는 그가 내 소설을 좋아하지 않는다면 그 사실을 견딜 수 없을 거라고 말했다. 그가 고개를 끄덕이며 말했다. "알겠어요. 그 부탁은 다시 하지 않을게요. 하지만 루시," 그가 말했다. "당신은 나한테 많은 이야기를 해요. 내가 당신이 쓴 글을 싫어할 거란 생각은 할 수가 없군요."

나는 그가 "냉혹하다"고 말한 것이 분명히 기억난다. 그는 냉혹해 보이지 않았고, 나는 내가 냉혹하지 않다고, 냉혹할 수도 없다고 생각했다. 나는 그를 사랑했다. 그는 신사다웠다.

그런 그가 나보고 냉혹해지라고 한 것이다.

　제러미에 관한 사실 한 가지 더: AIDS 감염은 새로운 현상이었다. 비쩍 마르고 수척한 남자들이 길거리를 돌아다니는 게 눈에 띄면 그들이 이 갑작스럽고 성경에 나올 법한 질병에 걸렸다고 보면 되었다. 어느 날 건물 앞 계단에 제러미와 함께 앉아 있다가, 나는 내가 해놓고도 스스로 깜짝 놀란 말을 했다. 그런 남자 둘이 천천히 지나가는 걸 본 뒤 이렇게 말해버린 것이다. "이런 말을 하면 정말 안 되는 줄은 알지만, 나는 저들이 거의 부러울 지경이에요. 저 두 사람은 서로를 가졌고, 진정한 공동체로 결속되어 있으니까요." 그러자 그가 나를 바라보았고, 그의 얼굴에는 진심 어린 다정함이 떠올라 있었다. 지금 생각해보면 그는 내가 그렇지 않다는 것을, 내 겉은 풍족해 보여도 속은 외롭다는 것을 알아차렸던 것 같다. 외로움은 내가 맛본 인생의 첫맛이었고, 늘 그 자리에, 내 입안의 틈 속에 숨어 있다가 자신의 존재를 일깨워주었다. 그날 그는 그 사실을 알아차렸을 것이다. 그리고 그는 친절했다. "그러네요." 그는 그렇게만 말했다. 쉽게 이렇게 말할 수도 있었을 것이다. "제정신이에요? 저 사람들은 죽어가고 있다고요!" 하지만 그는 그렇게 말하지 않았다. 나를 에워싼

외로움을 이해했기 때문이었을 것이다. 나는 그렇게 생각하고
싶다. 나는 그렇게 생각한다.

뉴욕에서 유명한 것이라면 첼시 지역에 즐비한 일종의 화랑 같은, 개인이 하는 옷가게들이 있는데, 나는 그런 어느 옷가게에서 한 여자를 만났다. 그녀는 결과적으로 내게 막대한 영향력을 미쳤고, 어쩌면—내가 완전히 이해하지는 못한 방식으로—이 글을 쓰게 된 이유가 되었을지도 모른다. 지금으로부터 꽤 오래전, 내 딸들이 아마 열한 살, 열두 살 때였을 것이다. 어쨌거나 그 옷가게에서 나는 그녀를 본 적이 있었지만, 그녀는 나를 보지 못했던 게 틀림없었다. 그녀에게는 여자들에게서 더이상 거의 볼 수 없는 백치미 같은 게 흘렀는데, 그게 매력적으로 보였고 그녀와 썩 잘 어울렸다. 나이는 쉰 살 정도 되어 보였다. 그녀는 여러모로 매력적이고 세련된 여자였으며, 머리도—당시에는 재색이라고 부르던 색깔이었다―잘 손질되어 있었다. 그러니까 염색약을 사서 직접 물들인 게 아니라, 미용실에서 미용 기술을 배운 사람한테 염색한 머리임을 내가 알아보았다는 말이다. 하지만 내 관심을 끌었던 건 그녀의 얼굴이었다. 나는 검은색 재킷을 입어보는 동안 그녀의 얼굴을 거울로 지켜보았다. 마침내 내가 말을 걸었다. "이 옷이 잘 어울리는 것 같나요?" 그녀는 누가 옷에 대해 자신의 의견을 물어볼 줄은 전혀 몰랐다는 듯 놀란 표정을 지었다. "저기, 미안하지만 나는 여기 직원이 아니에요." 그녀가 말했다. 나는 그 사실을 알고 있으며 그저 의견을 구하는 것뿐이라고 말했다. 그리고 그녀의 옷 입은 스타일이 마음에 든다고 말했다.

"아, 네. 그래요? 음, 고마워요. 와우. 네, 알겠어요. 아, 그렇다면……"―그때 그녀는 내가 그녀에게 의견을 물어본 재킷의 라펠을 잡아당기고 있는 모습을 보았을 것이다―"좋은데요. 정말로 좋아요. 그 스커트와 같이 입을 건가요?" 우리는 스커트에 대해 의견을 나누었고, 그녀는 "조금 더 멋져 보이려면 하이힐을 신고 싶어질지도 모르니까……" 하고 말하면서 혹시 나한테 더 긴 스커트가 있는지도 물었다.

나는 그녀가 얼굴만큼 아름다운 사람이라고 생각했다. 나는 새로운 사람들과 끊임없이 만나는 이런 선물 같은 순간들 때문에 뉴욕을 사랑했다. 나는 그녀 안의 슬픔도 보았던 것 같다. 내가 집으로 돌아온 뒤 그녀의 얼굴을 떠올렸을 때 그런 느낌이 들었다. 그녀가 아주 많이 웃었고, 그래서 그녀의 얼굴이 환하게 빛났기 때문에, 그때는 그 슬픔을 보고도 몰랐을 것이다. 그녀는 남자들이 보면 여전히 사랑에 빠질 법한 그런 여자의 표정을 하고 있었다.

내가 물었다. "어떤 일을 하세요?"

"직업 말인가요?"

"네." 내가 말했다. "뭔가 재미있는 일을 하실 것 같아서요. 배우이신가요?" 나는 그 재킷을 다시 옷걸이 봉에 걸었다. 내게는 그런 옷을 구입할 만한 돈이 없었다.

오, 아니에요, 아니에요. 그녀가 말했다. 그러고는 이렇게 말했는데, 장담하건대 그녀의 얼굴이 붉어졌다. "그냥 작가예요. 그게 다예요." 그녀의 말은 마치 고백처럼 들렸는데, 이전에 그 사실을 들켰던 적이—내 느낌에는—있었던 것 같았다. 혹은 "그냥 작가"라는 게 그녀가 그 일에 대해 생각하는 전부인지도 몰랐다. 나는 그녀에게 어떤 글을 썼는지 물었고, 그러자 그녀의 얼굴색이 확연하게 붉어지더니 그녀가 손을 휘휘 내두르며 말했다. "저기, 그러니까, 책을, 소설 같은, 뭐 그런 정말로 대단치 않은 걸 써요."

나는 이름을 물었다. 내가 그녀를 다시 한번 아주 당혹스럽게 만든 것 같았다—그녀는 단숨에 "세라 페인"이라고 대답했다. 나는 그녀에게 당혹감을 느끼게 하고 싶지는 않아서, 그녀의 조언에 대한 감사로 화제를 돌렸다. 그녀는 긴장을 푸는 것 같았다. 우리는 가장 좋은 구두는 어디서 살 수 있는지 의견을 주고받았고—그녀는 검은색 에나멜 가죽 하이힐을 신고 있었다—그 이야기를 하면서 그녀는 만족스러워진 것 같았다. 우리는 만나서 아주 즐거웠다는 말을 나눈 뒤 헤어졌다.

집으로 돌아온 뒤—그때 우리는 브루클린하이츠 지역에 있는 아파트로 이사한 뒤였다—아이들이 헤어드라이어는 어디 있느냐고, 세탁물 통에 넣어뒀던 블라우스는 어디 있느냐고 소리치며 뛰어다니고 있을 때 나는 책장 하나를 살펴보다가 세라 페인을 발견했다. 책날개에 실린 그녀의 사진은 실물과 아주 조금밖에 닮아 보이지 않았다. 그러니까 나는 그녀의 책을 읽었던 것이다. 그 순간 어느 파티에서 그녀를 안다는 한 남자와 대화를 나누었던 일이 떠올랐다. 그는 그녀가 좋은 작가지만 "섬약한 연민"에 기우는 스스로를 잡아 세우지 못한다고 그녀의 작품을 평했고, 그래서 자신은 반감이 든다고, 그 때문에 작품의 힘이 약해지는 것 같다고 말했었다. 그럼에도 나는 그녀의 책이 좋았다. 나는 진실한 뭔가를 말하려고 하는 작가를 좋아한다. 내가 그녀를 좋아한 또다른 이유는, 그녀가 뉴햄프셔 주 작은 타운의 쇠락한 사과 과수원에서 자라 뉴햄프셔 주 시골 지역에 대한 글, 열심히 일하고 힘들게 살아가지만 좋은 일이 생기기도 하는 사람들에 대한 글을 썼기 때문이다. 하지만 그 순간 나는 그녀가 자신의 책에서조차 진정한 진실은 말하지 않았다는 사실을, 그녀는 늘 뭔가에서 멀찍이 비켜나 있었다는 사실을 깨달았다. 그녀는 자기 이름조차 제대로 말할 수 없지 않았나! 하지만 나는 그 점도 이해할 수 있을 것 같았다.

그다음날 아침 병원에서―이제는 꽤 지난 일이 되었다―내가 엄마에게 엄마가 잠을 자지 않아 걱정이라고 말하자, 엄마는 자기가 잠을 자지 않는다고 내가 걱정할 건 없다고, 평생 쪽잠을 자는 버릇이 들어 그렇다고 말했다. 그 순간 또다시 엄마의 말이 조금 쏟아지는 듯하더니 엄마 안에 억눌려 있던 감정이 밀고 올라오기 시작했다. 그날 아침 엄마는 갑자기 자신의 어린 시절에 대해 이야기하기 시작했다. 어린 시절 내내 쪽잠을 잤다는 이야기를. "안전하다고 느끼지 않으면 그런 버릇이 생겨." 엄마가 말했다. "쪽잠은 언제든 앉은 채로 잘 수 있으니까."

나는 엄마의 어린 시절에 대해 아는 게 거의 없었다. 하지만 그게―부모님의 어린 시절에 대해 아는 것이 거의 없는 게―이상한 일은 아닌 것 같다. 구체적으로 아는 것 말이다. 요즘은 조상에 대한 관심이 크지만, 그 관심은 이름과 장소와 사진과 법원 기록을 의미한다. 하지만 삶의 날실과 씨실이 어떻게 엮여갔는지는 어떻게 알아낼 수 있는가? 우리가 그런 문제에 관심을 갖는 순간이 올 때 말이다. 청교도였던 우리 조상은, 내가 아는 다른 문화와는 다르게, 대화를 즐거움의 원천으로 삼지 않았다. 하지만 그날 아침 병원에서 엄마는 농장에 가서 지낸 여름에 대해 이야기할 만큼 기분이 좋은 것 같았다―예전에도 엄마는 그 이야기를 한 적이 있었다. 무슨 이유에서였는지 엄마는 어렸을 때 여름이면 대부분 친척인 앤트 실리아의 농장에 가서 지냈다. 나는 그녀가 마른 몸집에 피부가 하얗던 걸로 기억하는데, 오빠, 언니, 나 할 것 없이 모두 그녀를 "앤트 실"*이라고 불렀다―적어도 내 머릿속에서 그녀는 '앤트 실'이라는 이미지로 굳어졌고, 그 점이 나는 혼란스러웠는데, 어린아이들은 곧잘 단어의 뜻 그대로 생각해버리기 때문이다. 나는 내가 한 번도 본 적 없는 바다 동물의 이름이 왜 그녀에게 붙여졌는지 이유를 전혀 알지 못했다. 그녀는 엉클 로이와 결혼했고, 내가 아는 한 그는 매우 좋은 사람이었다. 엄마의 사촌 해리엇이 그들의 유일한 자식이었는데, 그

---

* Aunt Seal. Seal은 '물개'라는 뜻.

이름은 내가 커가는 동안 때때로 튀어나왔다.

"방금 떠올랐는데……" 엄마가 부드럽지만 서두르는 목소리로 말했다. "어느 아침이었어. 오, 우리는 그때 꼬마였지. 아마나는 다섯 살, 해리엇은 세 살이었을 거야. 우리는 앤트 실리아를 돕기로 결심하고, 헛간 옆에 자라던 레몬릴리의 시든 꽃을 잘라내기로 했어. 하지만 해리엇은 너무 어려서, 큰 꽃봉오리를 잘라낼 죽은 부분으로 생각해버린 거야. 해리엇이 서슴없이 싹둑잘라내는데 앤트 실리아가 밖으로 나왔어."

"앤트 실이 화를 많이 냈어요?" 내가 물었다.

"아니. 그런 기억은 없어. 화는 내가 냈지." 엄마가 말했다. "내가 뭐가 꽃봉오리고 뭐가 아닌지 그애한테 알려줬었거든. 멍청한 계집애."

"해리엇이 멍청한 줄은 몰랐어요. 멍청하다는 말은 안 했잖아요."

"뭐, 멍청하진 않았겠지. 그렇진 않았을 거야. 하지만 해리엇은 뭐든 무서워했어. 번개를 어찌나 무서워했는지. 침대 밑에 기어들어가 훌쩍거리곤 했어." 엄마가 말했다. "나는 도무지 이해할 수 없었어. 뱀도 엄청 무서워했지. 정말로 바보 같은 계집애였어, 정말로."

"엄마. 제발 그 단어는 다신 말하지 말아요. 제발요." 나는 이미 발을 들며 일어나 앉고 있었다. 지금도 나는 그 단어만 들으면 늘 내 발이 내 눈에 보이는 곳에 있어야 할 것 같다.

"무슨 단어를 다시는 말하지 말라는 거냐? '뱀'?"

"엄마."

"별스럽긴. 안 해…… 알았어. 알았다고." 엄마가 한 손을 휘휘 젓고는 몸을 돌려 창밖을 내다보며 어깨를 약간 으쓱했다. "너를 보면 종종 해리엇이 떠올랐어." 엄마가 말했다. "너도 그런 바보 같은 공포를 느끼잖니. 톰인가 딕인가 해린가, 뭐 그렇고 그런 놈들이 줄줄이 나타났을 때 안타까워했던 것도 그렇고."

나는 지금도 내가 어떤 톰, 어떤 딕, 어떤 해리를 안타까워했었는지, 혹은 그들이 언제 줄줄이 나타났었는지 모른다. "더 듣고 싶어요." 내가 말했다. 나는 엄마의 목소리를 더 듣고 싶었다. 엄마의 달라진, 서두르는 목소리를.

치통 간호사가 병실로 들어왔다. 그녀는 내 체온을 재면서도 쿠키와는 달리 허공을 바라보지 않았다. 대신 치통은 나를 유심히 살피고 체온계를 본 뒤 열이 전날과 비슷한 정도로 난다고 말했다. 그러고는 엄마에게 필요한 게 있는지 물었고, 엄마는 재빨리 고개를 저었다. 치통은 잠시 서 있었는데, 그녀의 수심 가득한 얼굴에 무슨 말을 해야 할지 모르겠다는 표정이 떠올랐다. 이어 그녀는 내 혈압을 쟀는데, 혈압은 늘 이상이 없었고 그날 아침에도 마찬가지였다. "다 됐어요." 치통이 말했고, 엄마와 나는 그녀에게 고맙다고 했다. 그녀는 내 차트에 몇 가지 사항을 기록한 뒤 나가다 말고 문 쪽에서 돌아보더니 의사가 곧 올 거라고 말했다.

"의사가 괜찮은 사람 같더라." 엄마가 창문을 바라보며 말했다. "지난밤에 왔을 때 보니까."

치통이 나가면서 나를 흘끗 돌아보았다.

잠시 뒤 내가 말했다. "엄마, 해리엇 이야기 좀 더 해주세요."

"너도 해리엇한테 어떤 일이 생겼는지 알잖니." 엄마가 다시 시선을 병실로, 내게로 돌렸다.

내가 말했다. "엄마는 늘 해리엇을 좋아했죠, 안 그래요?"

"그럼, 좋아했지. 해리엇을 좋아하지 않을 이유가 어디 있겠니? 그애는 결혼 운이 지독히 없었어. 두 개 타운쯤 떨어진 곳 출신의 남자와 댄스파티에서 만나 결혼했지. 농가 헛간에서 스퀘어댄스를 추다가 만났을 거야. 사람들이 다 잘됐다고 좋아했지. 그때가 한창때였는데도 그애한테 대단한 매력은 없었거든."

"뭐가 문제였어요?" 내가 물었다.

"문제는 없었어. 그저 어린아이였을 때도 짜증을 잘 냈고, 뻐드렁니였어. 게다가 담배를 피워 입냄새가 고약했지. 하지만 사랑스러운 아이였어. 누구한테도 해를 끼치지 않는 사람. 해리엇은 아이를 둘 낳았어. 에이블과 도티……"

"내가 꼬마였을 때 에이블을 참 좋아했는데." 내가 말했다.

"그래. 에이블은 한결같이 괜찮은 애였어. 그런 일이 어떻게 일어날 수 있는지 신기할 따름이지만, 어느 순간 느닷없이 우뚝 자라난 강인한 나무, 그게 그애였지. 아무튼 어느 날 해리엇의 남편이 해리엇이 피울 담배를 사러 나갔다가……"

"다시는 돌아오지 않았죠." 내가 말을 끝맺었다.

"다시는 돌아오지 않았다고 말해야겠지. 정말로 다시는 돌아오지 않았다고 그렇게 말해야겠지. 길에 쓰러져 죽었으니까. 주州에서 애들을 데려가는 걸 막으려고 해리엇이 얼마나 애를 썼는지 몰라. 남편이 남긴 게 전혀 없었거든. 불쌍한 것. 걔 남편도 자기가 그렇게 죽어버릴 줄은 몰랐을 거야. 그 당시 그들은 록퍼드에서 살고 있었는데—한 시간쯤 더 가면 나오잖아—이유는 모르겠지만, 해리엇은 그뒤에도 계속 거기에서 지냈어. 어쨌거나 우리가 그 집에 들어가서 살게 된 뒤로는 매년 여름 몇 주씩 우리한테 애들을 보냈어. 오, 애들이 어찌나 슬퍼 보이던지. 나는 늘 도티한테 새 드레스를 만들어주고 돌아갈 때 챙겨 보내곤 했단다."

에이블 블레인. 그애의 바지가 너무 짧아 발목 위로 깡충 올라왔던 게 기억난다. 우리가 시내에 가면 아이들이 그애를 비웃었지만, 그애는 그딴 건 상관없다는 듯 늘 웃음을 잃지 않았다. 그애의 치아가 옥니인데다 엉망인 것만 빼면 생긴 것도 괜찮았다. 어쩌면 그애는 자기가 잘생겼다는 걸 알았을 것이다. 나는 그애의 마음씨도 정말로 그만큼 착했다고 생각한다. 나한테 챗윈스 케이크 숍 뒤 대형 쓰레기통에서 음식물 찾는 법을 가르쳐준 것도 그애였다. 놀라운 것은 그애가 쓰레기통 안에 들어가 원하는 것—며칠 묵은 케이크와 롤빵, 페이스트리—을 발견해낼 때까지 휙휙 박스를 던지며 서 있던 모습에서 몰래 하는 기색을 전혀 찾아볼 수 없었다는 사실이다. 그때 도티나 내 언니, 오빠는 우리와 같이 있지 않았는데, 그들이 어디 있었는지는 나도 모른다. 에이블은 앰개시에 몇 번 온 뒤로는 더이상 오지 않았다. 그는 자기가 사는 곳의 극장에서 안내원으로 일하게 되었다고 했다. 그는 나한테 편지를 보내면서 극장 로비 사진이 박힌 광고 책자를 같이 보냈다. 로비가 화려하게 장식되어 있고 여러 색깔의 타일이 깔려 있어 무척 아름다웠던 걸로 기억한다.

"에이블은 자리를 잘 잡았지." 엄마가 말했다.

"다시 이야기해주세요." 내가 말했다.

"어찌어찌하다 일하던 곳의 사장 딸하고 결혼했어. 사장 딸과 어쩌고저쩌고한 이야기가 그애 이야기지, 아마. 지금은 시카고에 살아. 거기 산 지 꽤 됐어." 엄마가 말했다. "아내가 거만하기 짝이 없어서 불쌍한 도티하고는 아예 담을 쌓고 살아. 도티 남편은 몇 년 전에 딴사람하고 바람이 나서 달아났고. 동부 출신이었는데, 도티 남편 말이야. 너도 알지."

"몰랐어요."

"음." 엄마가 한숨을 쉬었다. "거기 출신이었어. 여기 어디 동부 해안 지역이었는데……" 엄마는 여기 어디가 도티 남편의 출신지임을 알려주려는 듯 창문 쪽으로 고개를 조금 돌렸다. "자기가 도티보다 아주 조금이긴 해도 더 낫다고 생각했던 모양이야. 위즐, 하늘 없이 어떻게 살 수 있겠니?"

"하늘은 있어요." 그리고 덧붙였다. "하지만 엄마가 그렇게 말한 의미는 알아요."

"하늘이 없으면 어떻게 살 수 있을까?"

"대신 다른 사람들이 있잖아요." 내가 말했다. "이제 이유를 말해주세요."

"무슨 이유?"

"도티의 남편이 달아난 이유요."

"내가 어떻게 알겠니? 오, 알 것도 같구나. 지역 병원에서 담낭절제수술을 받았는데 그때 어떤 여자를 만났대. 그러고 보니 지금 너하고 상황이 비슷하구나!"

"저하고요? 제가 쿠키나 진지한 아이하고 달아날 거라고 생각하세요?"

"사람들이 서로 어떤 점에 끌릴지는 절대 모를 일이지." 엄마가 대답했다. "하지만 그가 같이 달아난 여자가 치통 같은 여자는 아닐 거야." 엄마가 문 쪽으로 고개를 살짝 기울이며 말했다. "아이하고 달아날지는 몰라도, 분명 진지한 아이는 아닐걸. 그러니까……" 엄마가 몸을 앞으로 숙이며 소곤거렸다. "우리 그 아이는 피부색이 검건 어떻건, 인디언이잖아." 엄마가 다시 뒤로 기댔다. "어쨌거나 틀림없이 도티보다 더 젊고 매력적이었을 거야. 그는 같이 살던 집을 도티에게 줬고, 도티는 그걸 민박집으로 개조했어. 내가 알기로 민박집은 잘됐어. 시카고에 간 에이블은 잘되는 것 이상으로 잘됐고. 그러니 불쌍한 해리엇한테는 결과적으로 아주 잘된 일이지. 음, 내 생각에 해리엇은 도티를 걱정했을 거야. 정말이지, 해리엇은 모두를 걱정했어. 이제는 아마 걱정하는 건 그만뒀겠지. 죽은 지 여러 해 됐으니까. 어느 날 밤 자다가 갔어. 세상을 뜨는 방법으로는 나쁘지 않지."

나는 엄마의 목소리를 들으며 꾸벅꾸벅 졸았다.

나는 생각했다. 내가 원하는 것은 오로지 이거라고.

하지만 결국 내가 원한 건 다른 것이었다. 내가 원한 건 엄마가 내 삶에 대해 물어봐주는 것이었다. 나는 엄마에게 내가 지

금 어떻게 살고 있는지를 말하고 싶었다. 바보같이—정말 바보
짓이었다—나는 불쑥 "엄마, 내가 단편 두 편을 발표했어요" 하
고 말해버렸다. 엄마는 마치 내가 발가락이 더 생겼다고 말한 것
처럼 어리둥절한 표정으로 흘깃 나를 쳐다보더니, 이내 창밖으로
시선을 돌리고는 아무 말도 하지 않았다. "별것 아니에요." 내가
말했다. "그냥 작은 잡지에 실렸어요." 그래도 엄마는 아무 말이
없었다. 이윽고 내가 말했다. "베카가 밤새 잠을 안 자요. 엄마한
테 물려받았나봐요. 베카도 쪽잠을 잘지 모르겠네요." 엄마는 계
속 창밖만 내다보았다.

　"하지만 베카가 안전하지 않다고 느끼는 일은 없으면 좋겠어
요." 내가 덧붙였다. "엄마는 왜 안전하다고 느끼지 못했어요?"

　엄마는 그 질문이 엄마를 잠 속에 빠뜨린 것처럼 눈을 감았지
만, 나는 엄마가 한순간이라도 잠들었다고는 생각하지 않았다.

　한참 뒤에 엄마가 눈을 떴고, 나는 엄마에게 말했다. "저한테
제러미라는 친구가 있는데요. 예전에 프랑스에서 살았는데 귀족
집안이었대요."

　엄마가 나를 쳐다보고는 다시 창밖을 내다보았다. 그러고는
한참 침묵을 지키다 이윽고 말했다. "그 사람 입으로 하는 말인
거지." 나는 엄마와 내가 그 사람—또는 내 삶—에 대해 더는
말하지 않아도 된다는 것을 알리는 듯 변명조로 말했다. "맞아

요. 그 사람 입으로 하는 말이에요."

바로 그때 의사가 병실로 들어왔다. "숙녀분들," 그가 말하면서 고개를 까딱했다. 그러고는 우리 쪽으로 걸어와 전날에 그랬던 것처럼 엄마와 악수했다. "오늘은 다들 기분이 어떠신가요?" 그러더니 곧바로 내 침대 주위의 커튼을 휙 쳤고, 그러자 엄마와 나는 분리되었다. 나는 여러 가지 이유에서 그를 사랑했는데, 그중 하나는 바로 이 때문이었다. 그가 자신의 방문을 우리 둘만의 개인적인 시간으로 만든다는 것. 엄마의 의자가 움직이는 소리에 나는 엄마가 병실에서 나간 것을 알았다. 의사는 맥박을 재려고 내 손목을 잡았고, 날마다 그러듯 흉터를 확인하기 위해 내 환자복을 살며시 걷어올렸다. 그의 손가락은 굵고 아름다웠다. 나는 보석이 박히지 않은 결혼 금반지가 반짝거리는 그의 손이 내 흉터 부위를 지그시 누르는 것을 지켜보았고, 그는 내가 통증을 느끼는지 보려고 내 얼굴을 유심히 살펴보았다. 그가 눈썹을 치키며 아픈지 물었고, 나는 고개를 저었다. 흉터는 잘 아물고 있었다. "잘 아물고 있네요." 그가 말했고, 내가 "네, 알아요" 하고 말했다. 그 말에 다른 의미—내가 계속 아픈 건 흉터 때문이 아니라는 의미—가 담긴 거 같아 우리는 가만히 웃었다. 그 웃음이 그 어떤 의미에 대한 우리의 인정이라는 사실, 내가 말하려는 것은 그것이다. 나는 그뒤로도 늘 이 남자를 기억했고, 여러 해

동안 그 병원에 그의 이름 앞으로 돈을 지불했다. 그때 나는 '안수按手'라는 표현이 생각났는데, 그건 지금도 마찬가지다.

트럭. 이따금 그 트럭이 깜짝 놀랄 만큼 선명하게 떠오른다. 흙먼지로 줄무늬가 그려진 차창, 비스듬한 앞유리, 계기판에 낀 땟자국, 디젤 냄새와 썩어가는 사과 냄새, 그리고 개들 냄새. 내가 트럭에 갇힌 게 몇 번이었는지 그 횟수는 나도 모른다. 처음이 언제였는지, 마지막이 언제였는지도 모른다. 하지만 내가 아주 어렸을 때였고, 마지막으로 갇혔을 때도 아마 다섯 살이 되지 않았을 것이다. 그게 아니라면 나는 하루종일 학교에 있었을 테니까. 내가 그 안에서 시간을 보내야 했던 건 오빠와 언니는 학교에 갔고—지금 생각해보면 그렇다—엄마 아빠 둘 다 일을 했기 때문이었다. 그런 이유에서가 아니라면 벌로 갇혔을 것이다. 땅콩버터가 발라진 짭조름한 크래커가 있었던 것도 기억나는데,

너무 겁을 먹어서 먹을 수가 없었다. 소리를 지르면서 차창 유리를 탕탕 두드렸던 것도 기억난다. 죽을지도 모른다고 생각했던 것 같지는 않다. 그때 내가 무슨 생각을 했던 것 같지는 않다. 오는 사람이 아무도 없다는 걸 깨닫고, 하늘이 점점 어두워지는 걸 지켜보고, 추위가 살을 파고드는 걸 느끼던 그때 내게 들었던 감정은 그저 공포였다. 나는 언제나 소리를 지르고 또 질렀다. 숨쉬기가 힘들어질 때까지 울었다. 이 뉴욕이라는 도시에서 나는 지쳐서 우는 아이들을, 가끔은 그저 심술이 나서 우는 아이들을 본다. 전자도 진짜고, 후자도 진짜다. 하지만 이따금은 절박하기 이를 데 없는 소리로 우는 아이들을 보기도 하는데, 나는 그것이 아이가 낼 수 있는 가장 진실한 소리의 하나일 거라고 생각한다. 그런 순간에는 내 안에서 심장이 부서지는 소리가 들리는 것 같다. 탁 트인 내 유년의 들판에서—조건이 정확히 맞아떨어질 때—옥수수가 자라는 소리가 들리는 것처럼. 많은 사람들이, 심지어 중서부 출신들조차 옥수수 자라는 소리는 들리지 않는다고 내게 말했지만, 그들이 잘못 안 것이다. 내 심장이 부서지는 소리를 들을 수는 없고, 그게 사실인 것은 나도 알지만, 내게 옥수수가 자라는 소리와 내 심장이 부서지는 소리는 분리할 수 없는 것이다. 나는 아이의 절박한 울음소리를 듣지 않으려고 타고 있던 지하철 칸을 옮긴 적도 있다.

내가 트럭 안에 갇혀 있었을 때 내 마음은 매우 이상한 곳으로 가곤 했다. 어떤 때는 한 남자가 다가오는 것을, 또 어떤 때는 괴물을 본 것 같았고, 또 한번은 언니를 본 것 같기도 했다. 그러면 나 자신을 달래면서 소리 내어 혼잣말을 했다. "괜찮아, 아가야. 곧 마음씨 고운 아줌마가 올 거야. 너는 정말로, 정말로 착한 아이고, 그 아줌마는 엄마의 친척인데 혼자 사는 게 외로워 같이 살 착하고 귀여운 여자애를 찾고 있어서, 너를 데려가 같이 살고 싶어할 거야." 나는 이런 상상을 하곤 했고, 그 상상이 내게는 정말로 진짜처럼 느껴져 그 덕에 마음을 진정시킬 수 있었다. 나는 춥지 않은 곳을, 깨끗한 시트와 깨끗한 수건을, 고장이 안 난 변기를, 볕이 잘 드는 부엌을 꿈꿨다. 나는 이런 방법으로 천국에 들어갔다. 슬슬 추워지고 해가 저물면 나는 또다시 울기 시작했는데, 처음에는 훌쩍거리던 울음이 점점 걷잡을 수 없어졌다. 그러면 아빠가 나타나 잠긴 문을 열어주었고, 가끔은 나를 안아서 데려갔다. "울 일이 뭐가 있어." 이따금 아빠가 말했다. 아빠의 따스한 손이 내 머리 뒤쪽에 닿았던 것이 지금도 기억난다.

의사는 그 전날에도 슬픔이 깃든 사랑스러운 모습으로 내 상태를 확인하러 왔다. "다른 층에 확인할 환자가 있었어요." 그가 말했다. "어떤지 볼까요." 그러고는 늘 그러듯 커튼을 획 쳤다. 그는 체온계를 쓰는 대신 손으로 내 이마를 짚어 체온을 쟀고, 손가락을 내 손목에 대고 맥박을 쟀다. "자, 다 됐습니다." 그가 말했다. "편히 주무세요." 그는 자신의 주먹을 쥐고 그 주먹에 키스하더니, 커튼을 걷고 병실에서 나갈 때까지 주먹을 올린 채 그대로 있었다. 나는 여러 해 동안 이 남자를 사랑했다. 그 말은 이미 했다.

그 무렵 제러미 말고 빌리지에서 내 친구라고 말할 수 있는 유일한 사람은 몰라라는 이름의 키 큰 스웨덴 여자였다. 그녀는 나보다 적어도 열 살은 위였지만 아이들이 아직 어렸다. 어느 날 그녀가 아이들을 데리고 공원으로 가는 길에 우리집 앞을 지나다가 나를 보고는 매우 개인적인 문제를 불쑥 털어놓았다. 그녀는 자신의 어머니가 자기한테 잘해주지 않았다고, 그래서 첫아이를 낳았을 때 무척 슬펐다고 말했다. 정신과 의사는 그 슬퍼하는 마음이 어머니로부터 받지 못한 모든 것에서 비롯한 것이라고 말했다고 했다. 내가 그녀의 말을 믿지 않았다는 건 아니다. 하지만 내 관심을 끈 건 그녀의 이야기가 아니었다. 흥미로웠던 건 그녀의 방식, 뭔가를 솔직하게 털어놓는 방식이었다. 나는 사람들이 그런 것까지 터놓고 말할 거라고는 생각조차 못했었다. 그녀가 정말로 내게 관심이 있었던 것도 아니어서 내 마음은 오히려 편했다. 그녀는 나를 좋아했고, 나한테 잘해주었으며, 윗사람처럼 굴면서 아기는 어떻게 안아줘야 하는지, 아기들을 데리고 공원에는 어떻게 가야 하는지를 알려주었다. 그래서 나도 그녀를 좋아했다. 그녀는 주로 외국 영화나 외국의 뭔가를 보는 것 같았다. 당연히 봤을 것이다. 그녀는 이런저런 영화를 언급했지만 나는 그녀가 무슨 이야기를 하는지 도통 알아듣지 못했다. 틀림없이 그녀는 그걸 알아챘을 텐데도 예의를 잃지 않았다. 아니면 그녀는 잉마르 베리만 영화나 1960년대 텔레비전 프로그램과 음악 이야기를 할 때 내 표정이 멀뚱해질 수 있다는 사실을 믿지 못했던 것인지도 모른다. 앞서 말했듯 나는 대중적인 것에 대한 지식이 전무했다. 그 당시에는 내가 무지하다는 사실조차 거의 깨닫지 못했다. 내 남편은 그 사실을 알고 있었기 때문에 마침내 옆에 있을 때는 "아내가 자라면서 영화를 많이 보지 못해서요. 신경쓰지 마세요" 같은 말로 나를 도와주려 했다. 혹은 "아내의 부모님이 엄격해서 텔레비전을 아예 못 보게 했어요"라고 말해주었다. 내 어린 시절의 가난을 알리지 않은 것은 아무리 가난한 집이라도 텔레비전은 있었기 때문이다. 사실대로 말한다고 누가 믿었겠는가?

"엄마." 그다음날 밤, 내가 조용히 말했다.

"응?"

"여긴 왜 오셨어요?"

잠시 침묵이 흘렀고 엄마가 앉은 자세를 바꾸는 것 같았지만, 나는 고개를 창문 쪽으로 돌리고 있었다.

"네 남편이 전화로 와달라고 부탁해서. 너를 돌봐줄 사람이 필요했겠지."

한동안 침묵이 흘렀다. 어쩌면 십 분, 어쩌면 거의 한 시간이었을 수도 있지만, 얼마나 흘렀는지는 나도 모른다. 마침내 내가 말했다. "아무튼 고마워요." 엄마는 대답하지 않았다.

한밤중에 나는 악몽을 꾸다 깨어났다. 내용은 기억나지 않았다. 엄마의 목소리가 조용하게 흘러나왔다. "위즐디, 잠을 자. 잠이 오지 않으면 그냥 쉬고. 좀 쉬렴, 애야."

"엄마는 도통 주무시질 않네요." 내가 일어나 앉으려고 하면서 말했다. "어떻게 매일 밤 잠을 안 잘 수가 있어요? 엄마, 벌써 이틀째예요!"

"내 걱정은 하지 마." 엄마가 말했다. 그리고 덧붙였다. "의사가 마음에 들더구나. 너를 신경써서 봐주는 것 같아. 레지던트들은 아는 게 없어, 하긴 어떻게 알겠니? 아무튼 괜찮은 의사니까 너를 꼭 낫게 해줄 거야."

"나도 그 의사가 마음에 들어요." 내가 말했다. "그 의사가 참 좋아요."

잠시 뒤에 엄마가 말했다. "너희가 자랄 때 돈이 너무 없었던 거, 미안하다. 그게 창피한 일이었다는 건 나도 알아."

어둠 속에서 내 얼굴이 달아오르는 것이 느껴졌다. "그게 중요했던 것 같지는 않아요." 내가 말했다.

"중요하지 않을 리가 없지."

"하지만 지금은 우리 모두 잘살잖아요."

"글쎄다." 엄마가 신중하게 대답했다. "네 오빠는 중년이 다 됐는데 돼지들하고 잠을 자고 동화책을 읽어. 그리고 네 언니 비키는 아직 그때 일에 화가 나 있고. 학교에서 아이들이 너희를 놀렸다면서. 아빠와 나는 몰랐다. 우리가 알았어야 했는데. 비키는 정말 아직도 화가 많이 나 있어."

"엄마 아빠한테요?"

"그런 것 같아."

"유치하게." 내가 말했다.

"그렇지 않아. 엄마라면 자식을 보호해야 하는 거니까."

잠시 후 내가 말했다. "엄마, 어떤 엄마들은 약을 하려고 자식을 팔기도 해요. 애들만 내버려두고 며칠씩 집을 비우는 엄마도 있고요. 또……" 나는 말을 멈추었다. 진실하게 들리지 않는 말에 신물이 났다.

엄마가 말했다. "너는 비키와는 다른 아이였어. 네 오빠와도 달랐고. 너는 다른 사람들이 어떻게 생각하는지에 크게 신경쓰지 않았어."

"왜 그렇게 생각하세요?" 내가 물었다.

"지금 네 인생을 봐. 너는 묵묵히 네 길을 가서…… 원하는 걸 이뤘잖아."

"알겠어요." 하지만 나는 알지 못했다. 우리가 자신에 대한 뭔가를 어떻게 알 수 있겠는가? "제가 어렸을 때 학교에 갔을 때였는데," 내가 병원 침대에 누워 말했다. 창밖으로 빌딩들의 불빛이 보였다. "엄마가 하루종일 보고 싶었어요. 선생님이 저를 불렀는데 말을 할 수가 없었어요. 목안에 덩어리 같은 게 걸린 것 같았어요. 그런 일이 얼마나 오래 계속됐는지는 모르겠어요. 하지만 엄마가 너무 보고 싶어서 가끔은 화장실에 가서 울기도 했어요."

"네 오빠는 토했단다."

나는 잠시 기다렸다. 시간이 한참 흐른 듯했다.

이윽고 엄마가 말했다. "5학년 때였는데, 학교 가기 전에 아침마다 토했어. 이유는 결국 알아내지 못했지."

"엄마." 내가 말했다. "오빠가 읽는 동화책이 뭐예요?"

"초원에 사는 어린 소녀에 대한 거야. 시리즈로 있어. 그 책을 아주 좋아해. 너도 알다시피, 발달이 느린 건 아니고."

나는 창문으로 시선을 돌렸다. 크라이슬러 빌딩의 불빛이 등대의 불빛처럼 빛났다. 마치 인류 그리고 아름다움을 추구하는 인류의 염원과 갈망을 위한 가장 원대하고 좋은 희망인 듯이. 나는 엄마에게 우리가 바라보는 이 빌딩에 대해 그렇게 말하고 싶었다.

내가 말했다. "이따금 그 트럭이 생각나요."

"트럭이라니?" 엄마가 놀란 목소리로 말했다. "트럭은 전혀 모르겠는데." 엄마가 말했다. "무슨 말이니? 네 아빠의 낡은 세비 트럭을 말하는 거니?"

나는 말하고 싶었다―오, 이렇게 말하고 싶은 마음이 간절했다. 한번은 그 안에 저하고 아주아주 긴 갈색 뱀하고 같이 있었는데 그것도 기억 안 나요? 나는 묻고 싶었지만 그 단어를 도저히 입 밖에 낼 수가 없었다. 지금도 차마 말할 수 없기에 내가 긴 갈색의 그것과 함께 트럭 속에 갇힌 것을 알았을 때 얼마나 무서웠는지도 말할 수 없다―게다가 그건 정말로 잽싸게 움직였다. 정말로 잽싸게.

내가 6학년이었을 때 동부 출신의 선생님이 새로 왔다. 이름은 미스터 헤일리, 젊은 남자였다. 그는 사회를 가르쳤다. 그에 관해서는 두 가지가 기억난다. 첫째는 내가 화장실에 급히 가야 했던 날에 대한 것이다. 내게 주의가 쏠리기 때문에 나는 정말 화장실에 가기가 싫었다. 그는 고개를 한 번 끄떡이고 싱긋 웃으면서 내게 허가증을 주었다. 나는 교실로 돌아온 뒤 허가증—커다란 나무블록인데, 복도에서는 교실에서 나와도 좋다는 허락을 받은 증거로 가지고 다녀야 했다—을 돌려드리려고 선생님에게 다가갔고, 그걸 건네는 순간 우리 반에서 인기 있던 캐럴 다라는 여자애가 어떤 동작을 하는 것을 보고 말았다. 손짓 같은 거였는데, 경험상 나는 나를 놀리는 것이라는 걸 알았다. 캐럴은 친구들도 한편으로 만들려고 아이들을 쳐다보며 그 동작을 하고 있었다. 헤일리 선생님의 얼굴이 붉어졌고, 선생님이 이렇게 말한 것이 기억난다. 너희가 다른 누구보다 더 잘났다는 생각은 절대 하지 마라. 내 교실에서는 용납할 수 없는 일이다. 이곳에서 다른 사람보다 더 잘난 사람은 아무도 없다. 방금 몇 명의 얼굴에서 다른 누구보다 더 잘났다고 생각하는 표정을 읽었는데, 내 교실에서는 절대, 절대 용납하지 않을 것이다.

나는 캐럴 다를 흘끔 쳐다보았다. 내 기억에 그애는 잘못을 지적받아 속상한 듯했다.

나는 조용히, 완전히, 단박에 이 남자를 사랑하게 되었다. 지금 그가 어디에 사는지, 아직 살아 있는지조차 모르지만, 나는 여전히 이 남자를 사랑한다.

헤일리 선생님에 관해 기억하는 또 한 가지는 선생님이 우리에게 인디언에 대해 가르쳤다는 사실이다. 그때까지 나는 우리가 속임수를 써서 그들의 땅을 빼앗았고, 그래서 블랙 호크가 반란을 일으킨 사실을 몰랐었다. 백인이 인디언에게 위스키를 준 사실도, 백인이 인디언의 옥수수밭에서 인디언 여자들을 죽인 사실도 몰랐었다. 나는 헤일리 선생님에게 그랬던 것처럼 블랙 호크에게도 사랑을 느꼈고, 이들이 용감하고 멋지다고 생각했다. 나는 블랙 호크가 붙잡힌 뒤 이 도시 저 도시 끌려다녔다는 사실을 믿을 수가 없었다. 나는 얼른 그의 자서전을 구해 읽었다. 그리고 그가 했던 말을 기억해두었다. "백인의 언어는 얼마나 번지르르한지, 옳은 것을 틀려 보이게 만들 수도 있고 틀린 것을 옳게 보이게 만들 수도 있다." 나는 그의 자서전이 통역가에 의해 필사된 것이라 정확하지 않을 수 있다는 사실이 마음에 걸렸고, 블랙 호크가 정말로 어떤 인물인지 궁금했다. 나는 그가 강인하지만 혼란에 휩싸인 사람이라고 느꼈다. 그래서 그가 "우리의 위대한 아버지, 대통령"이라고 호의적인 표현을 썼을 때 그 사실이 슬펐다.

내가 하려는 말은, 이 모든 사실이 내게 매우 깊은 인상을 남겼다는 것과 우리가 이들 인디언에게 강압적으로 치욕을 안겼다는 것이다. 학교에서 인디언 여자들이 들판에 심은 옥수수를 백인 남자들이 나타나 갈아엎은 사실을 배우고 집으로 돌아온 어느 날 엄마가 우리집이었던 차고 앞에 나와 있었다. 우리가 그 차고에서 나온 지 얼마 되지 않았을 때였는데, 엄마는 아마 뭔가를 고치려고 했던 것 같지만 그게 뭔지는 기억나지 않는다. 하지만 문 앞에 쭈그리고 앉아 있던 엄마에게 내가 이렇게 말했던 건 기억난다. "엄마, 우리가 인디언한테 어떻게 했는지 알아요?" 나는 경외심을 가지고 천천히 말했다.

엄마는 손등으로 머리카락을 쓱 훔쳤다. "우리가 인디언한테 어떻게 했는지는 눈곱만큼도 관심 없어." 엄마가 말했다.

헤일리 선생님은 그해 말에 떠났다. 내 기억으로는 입대를 했는데, 시절을 감안하면 틀림없이 베트남에 갔을 것이다. 나중에 워싱턴 D.C.의 참전용사기념비에서 그의 이름을 찾아봤지만, 없었다. 내가 그에 관해 더 아는 건 없지만, 내 기억에 캐럴 다는 그 뒤부터―그의 수업 시간에는―내게 못되게 굴지 않았다. 무슨 말인가 하면, 우리 모두 그를 좋아했다는 것이다. 우리 모두 그를 존경했다. 이것은 열두 살짜리들의 학급에서 한 남자가 이루어내기에 절대 작은 업적이 아니다. 그는 이루어냈다.

그때 이후로 나는 오빠가 읽는다고 엄마가 얘기해준 그 책에 대해 생각한다. 나도 예전에 그 책을 읽었다. 하지만 나는 깊은 감동을 받지는 않았다. 앞서 말했듯, 내 마음은 블랙 호크와 함께였지, 초원에 사는 그 백인들과는 아니었다. 그래서 나는 그 책에 대해 생각해보았다. 오빠는 그 책의 어떤 점이 좋았던 걸까? 이 시리즈에 등장하는 가족은 착한 가족이었다. 그들은 대초원을 건너갔고 가끔은 곤경에 처하기도 했지만, 엄마는 늘 다정했고 아빠는 가족을 아주 많이 사랑했다.

내 딸 크리시 또한 이 책을 읽은 뒤 무척 좋아했다.

크리시가 여덟 살이 되었을 때 나는 내게 아주 큰 의미가 있었던 틸리가 나오는 그 책을 사주었다. 크리시는 책 읽기를 좋아했다. 크리시가 포장 푸는 것을 지켜보면서 나는 행복감을 느꼈다. 그애가 그 책을 꺼내본 건 내가 그애에게 열어준 생일파티에서였고, 그 파티에는 아빠가 음악가인 딸의 친구도 와 있었다. 파티가 끝난 뒤 딸을 데리러 온 그는 가지 않고 서성이다 내게 말을 걸었다. 그러더니 내가 대학 때 만났던 예술가 이야기를 꺼냈다. 내가 뉴욕에 오고 얼마 되지 않아 그 예술가도 뉴욕으로 왔다. 나는 그를 안다고 말했다. 그 음악가가 말했다. 당신이 그의 아내보다 더 예뻐요. 내가 묻자 그가 대답했다. 아니요. 그 예술가에게 아이는 없다고 했다.

며칠 뒤 크리시는 틸리가 등장하는 그 책에 대해 내게 말했다. "엄마, 그 책 재미없어요."

하지만 내 오빠가 좋아한다는, 초원에 사는 소녀가 나오는 그 책을 크리시는 지금도 좋아한다.

엄마가 내 침대 발치에 앉은 지 사흘째가 되던 날, 나는 엄마의 얼굴에서 피곤한 기색을 읽을 수 있었다. 나는 엄마가 가지 않기를 바랐지만, 엄마는 간이침대를 가져다주겠다는 간호사들의 제안을 받아들일 수 없는 것 같았고, 나는 엄마가 곧 떠날 거란 예감이 들었다. 종종 그러듯 나는 미리부터 그 순간을 두려워하기 시작했다. 내 기억에 미리부터 두려움을 느낀 첫번째 사건은 어린 시절 치과에 갔던 일과 관련이 있었다. 우리는 어렸을 때 치과 치료를 거의 받지 못했고, 우리의 치아는 유전적으로 '충치가 잘 생기는 이'로 여겨져, 당연하게도 치과에 가는 것은 두려움 가득한 일이 되었다. 치과 의사는 무료로 치료해주었지만 시간이나 태도 면에서 다 인색했고 우리라는 존재 자체를 싫어하는 것 같아서, 나는 치과에 가야 한다는 말을 듣는 그 순간부터 내내 걱정에서 헤어나오지 못했다. 내가 치과에 자주 간 건아니었다. 하지만 나는 일찌감치 이 사실을 깨달았다. 고통을 두배로 겪는 건 시간 낭비라는 것. 내가 이 이야기를 꺼낸 건 오로지, 마음은 원해도 의지로 할 수 없는 일이 얼마나 많은지 보여주기 위해서다.

다음날 한밤중에 진지한 아이가 병실로 오더니 혈액검사 결과가 나왔는데 지금 당장 CAT 촬영을 해야 한다고 말했다. "한밤중이잖아요." 엄마가 말했다. 진지한 아이는 그래도 해야 한다고말했다. 그래서 내가 말했다. "그럼 가요." 곧 사람들이 나타나나를 이동용 침대로 옮겼고, 나는 엄마를 향해 손을 살짝 흔들었다. 그들은 나를 널찍한 엘리베이터 안으로 데려가더니, 이어 또다른 널찍한 엘리베이터로 밀어넣었다. 복도도, 엘리베이터 안도 어두웠다. 모든 곳이 어두컴컴했다. 나는 밤에는 병실 밖으로나가본 적이 없어서, 심지어 병원에서도 밤과 낮이 다르다는 사실을 알지 못했었다. 이리저리 방향을 틀며 한참을 이동한 뒤 나는 어떤 방에 밀어넣어졌고, 거기서 누군가가 내 팔에 작은 튜브를 찔러넣고 목구멍에 또하나의 튜브를 밀어넣었다. "가만히 계세요." 그들이 말했다. 나는 고개를 끄덕일 수조차 없었다.

긴 시간이 흐른 뒤—실제로는 시간이 얼마나 흘렀는지 모른다는 말이다—나는 CAT 촬영기 안으로 밀어넣어졌고, 몇 번 클릭 소리가 나는가 싶더니 기계가 잠잠해졌다. "젠장." 내 뒤에서 누군가의 목소리가 들렸다. 또 한번의 긴 시간 동안 나는 누워 있었다. "기계가 고장났어요." 그 목소리가 말했다. "하지만 사진을 찍지 않으면 의사가 우리를 죽이려 들 텐데." 나는 한참 거기 누워 있었고, 몹시 추웠다. 나는 병원이란 곳이 종종 춥다는 사실을 알게 되었다. 몸이 부들부들 떨렸지만 아무도 알아차리지 못했다. 알았다면 틀림없이 담요를 가져다줬을 것이다. 하지만 그들은 그저 기계가 다시 작동하기만을 바랐고, 나는 그 상황을 이해했다.

마침내 나는 그 안으로 다시 밀어넣어졌다. 이번에는 클릭 소리가 제대로 났고, 작고 빨간 불빛이 깜박였다. 그들이 목에서 튜브를 빼내자 나는 복도로 내보내졌다. 나는 그 순간의 기억을 영원히 잊지 못할 것이다. 엄마가 거기, 병원의 깊은 지하 어두운 대기실에 앉아 있었던 것이다. 피곤한지 어깨가 살짝 처져 있었지만, 세상의 모든 인내심을 발휘한 자세로 앉아 있었다. "엄마." 내가 조그맣게 불렀고, 엄마가 손을 살짝 흔들었다. "여기 있는지 어떻게 알았어요?"

"쉽진 않았어." 엄마가 대답했다. "하지만 나한테도 혀가 달렸으니 그걸 썼지."

다음날 아침, 치통이 검사 결과가 나왔는데 괜찮다는 소식을 가지고 병실로 왔다. 혈액검사 결과에 나타난 이상에도 불구하고 CAT 촬영 결과에는 문제가 없으며, 의사가 나중에 다시 전부 설명해줄 거라고 했다. 치통은 가십 잡지도 한 권 가져와 엄마에게 읽겠느냐고 물었다. 엄마는 누군가의 은밀한 신체 일부를 만져보라는 요구라도 받은 듯 잽싸게 고개를 가로저었다. "내가 읽을게요." 나는 치통에게 말하며 손을 내밀었다. 그녀가 내게 잡지를 건넸고, 나는 고맙다고 말했다. 그래서 그날 아침 그 잡지가 내 침대에 놓이게 되었다. 나는 곧바로 잡지를 전화기가 놓여 있는 탁자의 서랍 속에 집어넣었는데, 의사가 들어올 경우를 대비해서 그런—감춘—것이었다. 그러니까 나도 엄마를 닮아서,

우리가 무엇을 읽는지로 평가받고 싶지 않았다. 엄마는 그런 것은 읽으려고도 하지 않은 반면, 나는 단지 그 잡지를 들고 있는 모습을 보이고 싶지 않은 것뿐이었다. 여러 해가 지난 뒤 나는 이 사실이 새삼 신기하게 느껴졌다. 그때도 병원에서였는데, 이번에 입원한 사람은 엄마였다. 마음을 딴 데로 돌리기 위해 뭔가를 읽기에 이보다 더 좋은 때가 어디 있겠는가? 나는 집에서 내 침대 주변에 있던 책을 몇 권 챙겨갔지만, 병실에서 엄마와 함께 그 책을 읽지는 않았고, 엄마도 그 책에 눈길을 주지 않았다. 그 잡지로 말하자면, 그건 의사의 심장에 흠집 하나 내지 않았을 것이다. 하지만 이 일은 우리가, 즉 엄마와 내가 얼마나 예민한 사람인지를 보여준다. 이 세상에는 그런 평가가 끊이지 않는데, 어떻게 하면 우리는 다른 사람에 대한 열등감을 느끼지 않고 살아갈 수 있는가?

그건 그저 영화배우에 대한 잡지, 내 딸들이 컸을 때 아이들과 내가 그저 시간을 보내려고 재미로 넘겨보는 그런 잡지였다. 특히 그 잡지에는 누구보다 끔찍한 사건을 겪은 평범한 사람에 대한 이야기가 종종 실렸다. 그날 오후 나는 서랍에서 그 잡지를 꺼내 보다가, 위스콘신에 사는 어느 여자에 대한 글을 읽게 되었다. 어느 저녁 그 여자가 남편을 찾으려고 마구간에 갔다가 주립 정신병원에서 방금 도망친 한 남자에 의해 팔이 잘리는—말 그대로 도끼로—일이 일어났다. 그 일이 벌어지는 동안 남편은 말 우리 옆의 기둥에 묶인 채 그 장면을 지켜보았다. 남편이 비명을 질렀고, 그 소리를 들은 말들도 비명을 질렀다. 짐작건대 여자도 미친듯이 비명을 질렀을 테고—여자가 기절했다는 내용은 없었다—정신병원에서 도망친 남자는 그 소리에 놀라서 달아났을 것이다. 동맥에서 피가 콸콸 쏟아져나왔으니 여자는 출혈로 사망할 수도 있었겠지만 간신히 도움을 요청할 수 있었고, 이웃 사람이 달려와 그녀의 팔에 지혈대를 묶었다. 지금 남편과 아내와 그 이웃의 하루 일과는 기도로 시작되었다. 잡지에는 위스콘신의 마구간 문 옆에서 이른 아침 햇살을 받으며 함께 기도하는 그들의 사진이 실려 있었다. 여자는 남아 있는 한쪽 팔과 손으로 기도했는데, 그들은 그녀가 곧 의지義肢를 달 수 있기를 바랐지만 돈이 문제였다. 나는 엄마에게 사람들이 기도하는 모습을 사진에 담는 것이 좋은 취향 같지는 않다고 말했고, 엄마는 이 모든 것이 좋은 취향은 아니라고 말했다.

"하지만 그 사람 남편은 운이 좋았어." 잠시 뒤에 엄마가 말했다. "뉴스 같은 데서 보니까, 남편이 자기 아내가 강간당하는 장면을 지켜봐야 하는 일도 있다더라."

나는 잡지를 내려놓았다. 그러고는 침대 발치에 앉아 있는 엄마, 오랫동안 보지 못했던 그 여인을 쳐다보았다. "정말로요?"

내가 물었다.

"뭐가 정말이야?"

"남편이 자기 아내가 강간당하는 장면을 지켜봤다고요? 뭘 본 거예요, 엄마?" 나는 정말로 하고 싶었던 말을 덧붙이지는 못했다. 언제 우리집에 TV가 생겼어요?

"텔레비전에서 봤어. 방금 말했잖아."

"뉴스에서요, 아니면 경찰이 등장하는 그런 프로그램에서요?"

엄마가 이 말을 곰곰이 따져보는 게 내 눈에 보였다―보이는 것 같았다. 이윽고 엄마가 말했다. "언젠가 비키네 집에 갔다가 밤에 뉴스에서 봤어. 촌구석 어디에서 일어난 일이었는데." 엄마가 눈을 감았다.

나는 잡지를 다시 집어들고 뒤적거렸다. 그리고 말했다. "엄마, 봐요. 이 여자가 입은 드레스 예쁜데요. 엄마, 여기 이 예쁜 드레스 좀 봐요." 하지만 엄마는 내 말에 반응하지도, 눈을 뜨지도 않았다.

그날 의사가 본 것이 우리가 그러고 있던 장면이었다. "숙녀분들." 그는 눈을 감은 엄마의 모습을 보자, 말을 하다 말고 멈추었다. 그는 병실 안에 들어온 채 그대로 서 있었고, 그와 나 둘 다 엄마가 정말로 잠들었는지, 아니면 다시 눈을 뜰지 잠시 지켜보았다. 우리 둘이 그 모습을 지켜보고 있던 그 순간, 내 어린 시절의 한 장면이 떠올랐다. 우리 가족이 시내로 나가면, 이따금 나는 낯선 사람에게 달려가 이렇게 말하고 싶은 절박한 충동에 사로잡혔다. "저 좀 도와주세요, 제발요. 제발요. 저 좀 저기서 빼내주세요. 나쁜 일이 일어나고 있어요……" 물론 그러지는 못했다. 본능적으로 나는 어떤 낯선 이도 도와주지 않을 것임을, 그런 엄두는 내지 않을 것임을, 결국 그런 배신행위는 상황을 더욱 악화시킬 뿐임을 알고 있었던 것이다. 그래서 나는 엄마를 지켜보다 시선을 의사에게로 돌렸는데, 본질적으로는 이 의사가 내가 과거에 바랐던 그 낯선 사람이었기 때문이다. 그가 내 얼굴에서 뭔가를 읽었는지 돌아섰고, 나도—아주 잠시—그의 얼굴에서 뭔가를 읽은 것 같았다. 그가 손을 들어 다시 오겠다는 표시를 했고, 그가 나간 뒤 나는 오래전의 그 익숙하고 어두운 무엇속으로 떨어지는 느낌을 받았다. 엄마의 눈은 그뒤로도 한동안 감겨 있었다. 지금까지도 나는 엄마가 잠이 들었던 건지, 아니면 그저 나를 피하려 했던 건지 알지 못한다. 그때 나는 어린 딸들과 몹시 통화를 하고 싶었지만, 엄마가 잠이 든 거라면 침대 옆 전화기를 써서 엄마를 깨우고 싶지는 않았고, 게다가 아이들은 학교에 가 있을 시간이었다.

하루종일 나는 딸들과 통화를 하고 싶었고, 도저히 참을 수 없어지자 링거대를 밀며 복도로 나갔다. 그리고 간호사실로 가서 거기 전화를 써도 되는지 물었다. 간호사가 전화기를 밀어주었고, 나는 남편에게 전화를 걸었다. 나는 눈물을 한 방울이라도 흘리지 않으려고 안간힘을 썼다. 그는 직장에 있었고, 내가 그와 아이들을 얼마나 보고 싶어하는지를 듣고 안타까워했다. "내가 애들 봐주는 사람한테 전화해서 애들이 집에 돌아오면 바로 당신한테 전화 걸라고 할게. 크리시는 오늘 플레이 데이트가 있어."

그렇게 인생은 흘러가는 거야. 나는 생각했다.

(그리고 지금 나는 생각한다. 인생은 흘러가지, 흐르지 않을 때까지.)

나는 애써 울음을 참느라 한동안 간호사실 쪽에 있는 의자에 앉아 있어야 했다. 치통이 옆에서 나를 감싸안아주었고, 그렇게 해준 그녀를 나는 지금도 사랑한다. 가끔 나는 테네시 윌리엄스가 블랑시 뒤부아의 이런 대사를 썼다는 사실에 슬퍼진다. "나는 늘 낯선 사람들의 친절에 의지하며 살았어요." 많은 사람들이 낯선 사람들의 친절을 통해 여러 번 구원을 받지만, 시간이 지나면 그것도 범퍼스티커처럼 진부해진다. 나는 그 사실이 슬프다. 아름답고 진실한 표현도 너무 자주 쓰면 범퍼스티커처럼 피상적으로 들린다는 사실이.

내가 맨팔로 얼굴을 훔치는데 엄마가 나를 찾으러 나왔고, 우리 모두—치통, 나, 다른 간호사들—는 엄마에게 손을 흔들었다. "엄마가 주무시는 줄 알았어요." 엄마와 함께 병실로 돌아가면서 내가 말했다. 엄마는 잠시 눈을 붙였다고 말했다. "애들 봐주는 사람이 곧 전화할 거예요." 내가 말했고, 크리시에게는 플레이 데이트가 있다는 말도 덧붙였다.

"플레이 데이트가 뭐니?" 엄마가 물었다.

나는 우리 둘만 있다는 것이 기뻤다. "학교가 끝난 뒤 다른 친구 집에 놀러가는 거예요."

"플레이 데이트를 누구하고 한다고?" 엄마가 물었다. 나는 엄마가 그 질문을 한 건 내 얼굴에서 뭔가를 봤기 때문에, 내 슬픔을 봤기 때문에 내게 잘해주려고 그런 거라고 느꼈다.

병원 복도를 걸으면서 나는 엄마에게 크리시의 친구에 대한 이야기를 늘어놓았다. 그 친구의 엄마는 5학년을 가르치는 선생이고 그 아빠는 음악가지만 형편없는 인간이라 그 부부는 행복한 결혼생활을 하고 있지 않다고, 하지만 애들끼리는 아주 많이 친한 것 같다고 말했다. 엄마는 이 모든 이야기를 듣는 내내 고개를 끄덕였다. 우리가 다시 병실로 돌아왔을 때 마침 의사도 들어왔다. 커튼을 휙 치고 내 흉터를 눌러보는 그의 얼굴은 사무적이었다. 그가 무뚝뚝하게 말했다. "지난밤에는 무서우셨을 거예요. 혈액 감염이 보여서 CAT 촬영을 해볼 필요가 있었어요. 열이 내리고 고형 음식물을 삼킬 수 있게 되면 퇴원시켜드리겠습니다." 그의 목소리는 아주 달라져 있었고, 한마디 한마디가 나를 찰싹찰싹 때리는 것 같았다. 내가 말했다. "네, 선생님." 하지만 그를 쳐다보지는 않았다. 나는 이런 사실을 깨달았다. 사람은 지치게 마련이라는 것을. 마음, 영혼, 혹은 몸이 아닌 뭔가에 우리가 어떤 다른 이름을 붙이건 그것은 지치게 마련이다. 그리고 나는 이렇게 결론지었다. 그것이야말로—대체로, 일반적으로—자연이 우리를 도와주는 것이라고. 나는 지쳐가고 있었다. 내 생각에—잘은 모르지만—그 또한 지쳐가고 있었다.

아이들을 봐주는 여자가 전화를 걸어왔다. 젊은 여자였는데, 그녀는 아이들이 잘 지낸다며 계속 나를 안심시켰다. 그 여자가 전화기를 베카의 귀에 대주었고, 나는 "곧 집에 돌아갈 거야" 하고 말했다. 그 말을 하고 하고 또 했지만, 베카는 울지 않았다. 그래서 마음이 놓였다. "언제요?" 베카가 물었고, 나는 계속 곧이라고만 대답하면서 사랑한다고 말했다. "사랑해. 너도 알지? 그

렿지?" "네?" 베카가 말했다. "엄마는 너를 사랑하고, 엄마는 네가 보고 싶어. 엄마는 병이 나으려고 너한테서 멀리 떨어져 있는 거니까, 병이 다 나으면 금방 갈 거야, 알았지? 천사 아가씨?"

"알았어요, 엄마." 베카가 말했다.

뉴욕의 피프스 애비뉴에는 많은 계단과 함께 큼직하게 자리잡은 메트로폴리탄 미술관이 있고, 그 1층에는 조각공원이라고 부르는 공간이 있는데, 나는 이곳에 설치된 이 특별한 조각상을 남편과 함께, 그리고 아이들이 커가면서는 아이들과 함께 숱하게 지나쳤을 것이다. 나는 오로지 아이들에게 뭘 먹일지만 생각했고, 볼거리가 이렇게 많은 이런 성격의 미술관에서 다른 사람은 뭘 하는지에 대해서는 정말이지 한 번도 제대로 생각해보지 않았다. 내가 조각상을 본 것은 한창 이런 필요와 걱정에 빠져 지내던 동안이었다. 그러니 내가 걸음을 멈추고 그 조각상을 쳐다보며 오, 하는 소리를 내뱉은 것은 최근—지난 몇 년 동안—그 조각상에 찬란한 빛의 조명이 쏟아졌을 때였다.

그 조각상은 대리석으로 만들어졌는데, 한 남자 주변에 그의 아이들이 있었고, 그의 얼굴에는 절박한 표정이 떠올라 있었다. 아이들은 그의 발치에서 그를 붙잡고 애원하는 것 같았고, 그는 두 손으로 자신의 입을 양옆으로 잡아당기며 고뇌의 표정을 지은 채 세상을 응시하고 있었지만, 그의 아이들은 그만 쳐다보고 있었다. 드디어 이 조각상이 눈에 들어온 순간 나는 오, 하고 속으로 외쳤다.

설명을 읽으니, 그는 감옥에서 굶어 죽어가고 있고, 아이들은 아버지에게 자기들을 먹어달라고 애원하고 있는 것이었다. 이 아이들이 바라는 것은 오직 하나, 아버지의 고통이 사라지는 것뿐이었다. 아이들은 그에게—오, 행복하게, 행복하게—자기들을 먹으라고 내주고 있는 것이었다.

그래서 나는 생각했다. 그렇다면 그도 알고 있겠구나, 하고. 그 조각가 말이다. 그는 알고 있었던 것이다.

그렇다면 그 조각상이 표현한 것을 글로 쓴 그 시인도 알고 있었던 것이다. 그 또한 알고 있었던 것이다.

나는 굶어 죽어가는 아버지이자 남자인 그가 자신의 아이들과 함께 있는—그중 한 아이는 그의 다리를 잡고 있었다—그 조각상을 보기 위해 몇 번이나 그 미술관을 일부러 찾아갔다. 하지만 막상 그 앞에 가면 뭘 어떻게 해야 할지 몰랐다. 그 남자는 내 기억 속에 남아 있던 그대로였고, 나는 하릴없이 서 있었다. 나중에 나는 그 조각상에서 내가 필요로 하는 것을 얻었던 순간은 그를 쳐다볼 때의 은밀함이 존재하는 순간들이었다는 걸 깨달았다. 다른 곳에서 누군가를 만나야 해 급히 서둘러야 할 때라든가, 미술관에서 누군가와 함께 있다가 그 자리를 벗어나 오로지나 혼자 조각상을 보려고 화장실에 갔다 오겠다고 말하는 그런 순간. 나 혼자였다고 해도 오로지 이 겁에 질린 채 굶어 죽어가는 아버지이자 남자인 그를 볼 목적 하나로 갔을 때와는 느낌이 전혀 달랐다. 그는 늘 그 자리에 있었지만 꼭 한 번 없을 때가 있었다. 안내원은 그가 위층 특별 전시실로 옮겨졌다고 말했고, 나는 그런 전반적인 상황에 대해, 다른 사람들도 그를 그렇게 많이 보고 싶어한다는 사실에 모욕감을 느꼈다.

불쌍한 인간.

그 말은 나중에야, 안내원이 그 조각상이 위층에 있다고 말해주었을 때 내 반응이 어떠했는지를 생각해보았을 때에야 떠올랐다. 불쌍한 인간. 나는 생각했다. 우리는 원래 그렇게 작게 태어난 존재가 아니다. 불쌍한 인간―그 말이 머릿속에서 자꾸만 맴돌았다―우린 모두 불쌍한 인간이다.

"이 사람들은 누구니?" 엄마가 물었다.

나는 바로 누운 채 창밖을 바라보고 있었다. 저녁 시간, 도시의 불빛이 밝혀지기 시작하던 무렵이었다. 나는 엄마에게 무슨 뜻인지 물었다. 엄마가 대답했다. "이 바보 같은 잡지에 나온 이 바보 같은 사람들 말이야. 이중에 이름을 아는 사람이 하나도 없어. 다들 커피를 마실 때나 쇼핑할 때 사진 찍히는 걸 좋아하는 것 같은데, 아니면……" 나는 더이상 귀기울여 듣지 않았다. 내가 무엇보다 원한 건 엄마의 목소리 그 자체였다. 엄마가 무슨 말을 하는지는 중요하지 않았다. 그래서 나는 엄마의 목소리 자체에 귀를 기울였다. 나는 엄마의 목소리를 오랫동안 듣지 못하다가 사흘 전에야 들은 것인데, 엄마의 목소리가 달라져 있었다.

어쩌면 내 기억이 잘못된 것인지도 몰랐다. 예전에는 신경을 긁는 목소리였는데, 지금은 그 반대였다―매번 억눌리고 다급한 느낌이었다.

"이것 좀 봐." 엄마가 말했다. "위즐, 이것 좀 봐. 맙소사."

나는 일어나 앉았다.

엄마가 내게 그 가십 잡지를 내밀었다. "이거 봤니?"

나는 엄마가 내민 잡지를 받았다. "아니요." 내가 말했다. "음, 보긴 했지만 관심 있게 보진 않았어요."

"그게 아니라, 맙소사. 나는 관심을 안 가질 수가 없구나. 이 여자의 아버지가 아주 오래전에 네 아빠 친구였어. 엘긴 애플비. 바로 여기에 쓰여 있잖아, 여길 봐. '그녀의 부모 노라와 엘긴 애플비.' 오, 엘긴은 재미있는 사람이었어. 악마도 웃게 만들 사람이었지."

"악마는 원래 잘 웃어요." 내가 말하자 엄마가 나를 쳐다보았다. "아빠하고 그 사람은 어떻게 아는 사이였어요?" 엄마가 병원에, 내 옆에 와 있는 동안 내가 엄마한테 화가 났던 유일한 순간이 바로 그때였다. 엄마가 트럭에 대해 말할 때를 빼면 아빠에 대해서는 입을 다물고 있다가 이처럼 아무렇지 않게 아빠 이야기를 꺼냈기 때문이다.

엄마가 말했다. "젊은 시절에. 누가 알겠니. 엘긴이 메인 주

106

로 이사 가서 거기 농장에서 일했대. 나도 그가 그리로 간 이유는 몰라. 아무튼 이 여자, 이 아이, 애니 애플비 좀 봐. 이애 좀 봐, 위즐." 엄마가 내게 건넨 잡지를 가리켰다. "내 생각에 이 여자는…… 글쎄." 엄마가 뒤로 기대앉았다. "어떻게 생긴 것 같니?"

"예쁘장한데요?" 사실 예쁘장하게 보이지는 않았다. 시선을 끌게 생기기는 했지만 '예쁘장하다'고 말할 만한 얼굴은 아니었다.

"아니야, 예쁘장한 건 아니야." 엄마가 말했다. "시선을 끄는 얼굴이지. 시선을 끌게 생겼어."

나는 사진을 다시 유심히 쳐다보았다. 그녀 옆에는 새 남자친구가 있었는데, 그는 내 남편이 가끔 밤에 보는 텔레비전 드라마에 나오는 배우였다. "사연이 많은 여자로 보이는데요." 마침내 내가 말했다.

"그거야." 엄마가 고개를 끄덕였다. "네 말이 맞아, 위즐. 나도 그렇게 생각했어."

기사는 길었고, 함께 있는 남자보다는 애니 애플비에 대한 내용이 더 많았다. 기사에는 그녀가 메인 주 아루스툭 카운티 세인트존밸리의 어느 감자농장에서 자랐고, 고등학교도 마치지 않고 집을 떠나 극단에 들어갔으며, 고향집을 그리워한다고 쓰여 있었다. "당연히 그립죠." 애니 애플비의 말이 직접 인용되어 있었다. "그곳의 아름다움을 그리워하지 않은 날이 하루도 없어요."

연극 무대에 서는 대신 영화를 찍고 싶은 생각은 없는지 묻자 그녀는 "전혀 없어요" 하고 대답했다. "무대에 올라섰을 때는 관객을 생각하지 않지만, 나는 관객이 바로 거기 있다는 사실이 좋아요. 나는 관객이 뭘 필요로 하는지 알고, 그걸 안다는 건 내 일인 연기를 잘하는 것과 같아요."

나는 잡지를 내려놓았다. "예쁘네요." 내가 말했다.

"예쁜 건 아닌 것 같고." 엄마가 말했다. 잠시 시간이 흐른 뒤 엄마가 덧붙였다. "예쁜 것 이상인 것 같아. 아름다워. 이 여자에게는 유명해진다는 게 어떤 느낌일지가 궁금해." 엄마는 이 문제를 곰곰이 생각해보는 것 같았다.

나는 약간 빈정대듯 말했다. 어쩌면 엄마가 이곳에 온 뒤로 단지 아빠의 트럭만이 아니라 아빠를 언급했기 때문일 테고, 또 어쩌면 엄마가 다른 사람의 딸을 아름답다고 했기 때문이었을 것이다. "유명해진다는 것에 대해 다른 사람이 어떻게 느끼는지 엄마가 관심을 갖는 줄은 몰랐네요." 그 말을 하자마자 커다란 후회가 밀려왔다. 바로 전날 밤에 지하층으로 나를 찾으러 내려온 엄마, 딸이 괜찮은지 확인하려고 한밤중에 그 크고 무시무시한 병원의 지하층까지 내려온 엄마에게 내가 그런 말을 한 것이었다. 그래서 말했다. "저도 가끔 궁금했어요. 한번은 누구누구—유명한 여자 배우의 이름을 댔다—를 센트럴파크에서 본 적이 있었는데, 그 여자가 걸어가는 걸 보면서, 저렇게 산다는 건 어떤 걸까? 그런 생각을 했거든요." 내가 그런 말까지 한 건 엄마에게 다시 다정해지기 위해서였다.

엄마는 아주 살짝 고개를 끄덕인 뒤 창문으로 시선을 돌렸다. "모르지." 엄마가 말했다. 잠시 뒤 엄마의 눈이 감겼다.

내가 말한 그 유명한 여자 배우를 엄마가 몰랐을 거란 생각이 든 건 시간이 한참 지난 뒤였다. 여러 해가 지난 뒤 오빠는 자기가 아는 한 엄마는 극장에 간 적이 없다고 말해주었다. 오빠도 극장에 가본 적이 없기는 마찬가지였다. 비키 언니는 어땠는지 그건 모른다.

퇴원하고 몇 년이 지났을 때 나는 대학 시절에 사귄 그 예술가와 마주쳤다. 다른 예술가의 오프닝 행사에서였다. 결혼생활이 힘겹던 시기였다. 그 당시 내게 수치심이 들게 한 사건이 일어났다. 내 남편이 내 딸들을 병원에 데려왔던 여자, 자신의 아이는 없던 그 여자와 아주 가까운 사이가 된 것이다. 나는 그녀가 더는 우리집에 오는 일이 없도록 하자고 했고, 남편도 동의했다. 하지만 우리가 오프닝 행사에 갔던 그날 밤 말다툼을 했던 건 확실하다. 그날 내가 상의를 갈아입지 않고 나갔던 것이 기억난다. 자주색 니트 상의를 스커트와 함께 입고 있었는데, 나가기 직전에 남편의 푸른색 긴 코트를 걸쳤다. 남편은 가죽 재킷을 입었을 것이다. 내가 거기서 그 예술가를 보고 깜짝 놀랐던 기억이

난다. 그는 나를 보고 긴장한 듯했고, 그의 시선이 내 자주색 니트 상의와 감청색 코트에 와 닿았다―두 옷 다 내게 썩 어울리지 않았고, 색깔도 서로 맞지 않았다. 나는 집에 돌아와 거울을 보고 나서야 그가 나의 어떤 모습을 봤는지를 알게 되었다. 그런 건 중요하지 않았다. 중요한 건 내 결혼이었다. 하지만 여러 해가 지난 지금도 그 푸른색 긴 코트와 촌스러운 자주색 상의가 떠오르는 걸 보면 그날 밤 그 예술가와 마주친 일이 중요하긴 했었나보다. 여전히 그는 내가 내 옷에 대해 의식하게 만드는 유일한 사람이었고, 그 사실이―내게는―호기심을 일으켰다.

앞에서도 한 말이지만, 우리가 다른 사람 혹은 다른 집단보다 스스로를 더 우월하게 느끼기 위해 어떤 방법을 찾아내는지가 내게는 흥미롭다. 그런 일은 어디에서나, 언제나 일어난다. 그것을 뭐라고 부르건, 나는 그것이, 내리누를 다른 누군가를 찾아야 하는 이런 필요성이 우리 인간을 구성하는 가장 저속한 부분이라고 생각한다.

나는 옷가게에서 우연히 만났던 작가 세라 페인이 뉴욕공립 도서관 행사에 패널로 참여한다는 소식을 접했다. 그녀를 만나고 몇 달 뒤 신문에서 그 소식을 읽었다. 놀라웠다. 그녀는 공개적인 자리에는 좀처럼 서지 않아, 나는 그녀가 사생활을 매우 중시하는 사람이라고 생각했었다. 그녀와 조금 알고 지내는 사이라는 누군가에게 이 말을 꺼냈더니, 그 사람은 그녀에 대해 "그렇게 사생활을 중시하는 사람은 아니에요. 뉴욕이 그녀를 좋아하지 않는 것뿐이죠" 하고 말했다. 그 말을 듣자 나는 그녀가 연민에 기우는 경향만 빼면 좋은 작가라고 말했던 남자가 떠올랐다. 나는 패널로 참여한 그녀를 보려고 도서관에 갔다. 윌리엄은 그냥 아이들과 집에 있겠다며 같이 가지 않았다. 여름이라서 그

랬는지 내 예상과 달리 참석자는 그리 많지 않았다. 그녀에 대해 그렇게—연민이 어쩌고저쩌고—말한 남자가 뒷줄에 혼자 앉아 있었다. 픽션의 개념에 관한 패널 토론이 있었다. 픽션이란 무엇 인가, 뭐 그렇고 그런 것. 세라 페인이 자신의 책에서 그려낸 어 느 주인공은 이전의 어느 미국 대통령에 대해 "고령의 노인네로, 그의 아내가 점성술 차트로 나라를 다스렸다"고 말했다. 세라 페 인은 그 주인공이 우리의 대통령에 대해 이런 식으로 말한 부분 이 나오기 전까지는 그녀의 책을 좋아한다고 말했던 사람들로부 터 증오의 편지를 받았다. 그 말을 들은 사회자는 놀라는 눈치였 다. "정말인가요?" 그는 이 도서관의 사서였다. 세라 페인이 말 했다. "정말이에요." "그러면 그런 편지에 답장은 해주십니까?" 사서가 질문하면서 손가락으로 마이크 아래쪽을 정확하게 톡 쳤 다. 그녀는 답장하지 않았다고 대답했다. 그녀는 그렇게 말했는 데, 그녀의 얼굴은 내가 옷가게에서 마주쳤을 때만큼 빛나지 않 았다. "독자에게 무엇이 작중 화자의 목소리고 작가의 개인적인 견해는 아닌지를 알리는 건 내 일이 아니에요." 그 말만으로도 나는 이곳에 오기를 잘했다는 생각이 들었다. 사서는 이해하지 못하는 것 같았다. "무슨 뜻인가요?" 그가 계속 물었지만 그녀는 이미 했던 말을 반복할 뿐이었다. 그가 말했다. "픽션 작가로서 작가님의 일은 무엇인가요?" 그러자 그녀는 픽션 작가로서 자신의 일은 인간의 조건에 대해 알려주는 것, 우리는 누구이고 우리는 무슨 생각을 하고 우리는 어떤 행동을 하는지를 말해주는 것이라고 대답했다.

참석자들 가운데 한 여자가 손을 들고 물었다. "그러면 작가님은 그 전임 대통령에 대해 그런 생각을 하시는 건가요?"

세라 페인이 잠시 뜸을 들이다 말했다. "자, 그럼 이렇게 말씀드려볼게요. 제가 픽션이라는 방법을 통해 그려낸 그 여자가 그 남자를 고령의 노인네라고 일컬으면서 그의 아내가 점성술 차트로 나라를 다스린다고 말했다면, 나라면……" 그녀는 고개를 단호하게 까딱한 뒤 뜸을 들였다. "나라면, 나라는 사람은, 세라 페인은, 이 나라의 시민인 나라면, 내가 만들어낸 그 여자가 그를 아주 쉽게 말하고 다닌다고 말하겠어요."

뉴욕의 독자들은 만만한 사람들이 아니지만, 그들은 그녀가 말한 것을 이해하고 고개를 끄덕이며 소곤소곤 말을 주고받았다. 나는 뒷줄에 앉은 그 남자를 돌아보았지만, 그는 아무 감정도 없어 보였다. 그날 저녁 행사가 끝나갈 무렵 나는 그가 자신에게 다가와 말을 붙인 어느 여자에게 이렇게 말하는 것을 들었다. "세라 페인은 항상 무대에 능해요." 그의 말에서 호의가 느껴지지 않았다. 나는 혼자 지하철을 타고 집으로 돌아왔다. 이 도시에서 참 오래 살았는데, 그날 밤엔 이 도시를 사랑할 수 없었다. 하지만 그 이유를 정확히 말할 수는 없었을 것이다. 그 이유를 거의 말할 수는 있었겠지만. 하지만 정확한 이유는 아니었을 것이다.

그래서 나는 그날 밤부터 이 이야기를 기록하기 시작했다. 이 이야기의 부분 부분을.

나는 써보기 시작했다.

병원에서 내가 엄마에게 유명해진다는 것에 대해 그렇게 관심이 있는 줄은 몰랐다고 매정하게 말했던 그날, 나는 밤잠을 이루지 못했다. 마음이 뒤숭숭했다. 울고 싶었다. 내 아이들이 울어서 내 마음이 산산조각 나는 것 같을 때면, 나는 아이들에게 먼저 키스부터 해준 뒤 무슨 문제가 생겼는지 알아보곤 했다. 어쩌면 그랬던 적이 너무 많았는지도 모른다. 윌리엄과 부부싸움을 하면서 나는 가끔 울었는데, 많은 남자들이 여자가 우는 것을 싫어하지만 윌리엄은 그런 남자가 아니라는 사실을 나는 일찍부터 알아차렸다. 그의 내면에 존재하는 얼음장도 내가 우는 것을 보면 부서져서, 그는 늘 서럽게 우는 나를 끌어안고 이렇게 말해주었다. "괜찮아, 버튼. 우린 잘 해결해나갈 거야." 하지만 엄마 앞에서는 차마 울 수가 없었다. 내 부모님은 두 분 다 우는 걸 싫어했다. 우는 아이는 울음을 그치지 않으면 모든 상황이 더 악화될 것임을 알면서도 잘 그치지 못한다. 어떤 아이에게도 그건 쉬운 일이 아니다. 그리고 엄마가 다급하고 조용한 목소리로 말하고 부드러운 얼굴을 해 아무리 다르게 보였다 해도, 엄마—그날 밤 내 병실에 있던—는 내가 평생 알았던 그 엄마였다. 무슨 말인가 하면, 내가 애써 울음을 참았다는 것이다. 어둠 속이었지만 나는 엄마가 깨어 있다는 것을 느꼈다.

그리고 엄마가 시트 위로 내 발을 꽉 잡는 것이 느껴졌다.

"엄마." 내가 벌떡 일어나 앉으며 말했다. "엄마, 가지 말아요! 제발요."

"나는 아무데도 안 가, 위즐." 엄마가 말했다. "여기 있잖아. 너는 곧 괜찮아질 거야. 앞으로 살아가면서 부닥칠 일이 많겠지만, 그건 다른 사람들도 다 마찬가지란다. 네 경우에는 어떻게 될지를 좀 봤는데, 그러니까 환시가 좀 보였는데, 너는……"

나는 눈을 꾹 감았고—울지 마, 이 바보 계집애—내 허벅지를 꽉 쥐었다. 믿을 수 없을 정도로 아팠다. 그러자 가라앉았다. 나는 한쪽으로 돌아누웠다. "나는 어떤데요?" 내가 물었다. 이제는 침착하게 말할 수 있었다.

"너는 말이지, 하지만 이게 얼마나 정확한지는 나도 절대 알 수 없어. 네 경우에는 정확한 편이긴 했지만."

"제가 크리시를 낳은 걸 엄마가 알고 있었던 거, 그런 거죠."
내가 말했다.

"그래. 하지만 나는……"

"그애 이름은 몰랐으니까." 우리는 이 말을 동시에 했고, 나는
어둠 속에서 우리가 동시에 웃고 있다는 걸 알았다. 엄마가 말했
다. "눈 좀 붙여, 위즐. 너는 좀 자야 해. 잠이 잘 안 오면 쉬기라
도 해."

아침에 의사가 들어와 내 자리의 커튼을 휙 쳤다. 그는 내 허
벅지에 든 붉은 멍을 보았지만 만져보지는 않고 물끄러미 쳐다
보기만 했다. 그러고는 나를 쳐다보았다. 그가 눈썹을 치켰고,
내 눈가에서 눈물이 주르륵 흘렀다. 나는 두려웠다. 그는 다정히
고개를 끄덕였지만, 약간의 시간이 흐른 뒤였다. 그는 열이 있는
지 확인하려는 듯 내 이마에 손을 얹었고, 내 눈에서 눈물이 흘
러내리는 동안 잠시 그러고 있었다. 그가 내 눈물을 닦아주려는
것처럼 자신의 엄지를 쓱 움직였다. 오, 그는 친절했다. 친절한,
친절한 남자였다. 나는 고맙다는 표시로 작게 웃었고, 미안하다
는 표시로 얼굴을 살짝 찡그리며 웃었다.

그가 고개를 끄덕이며 말했다. "곧 아이들을 만날 수 있을 거
예요. 남편분과 함께 집에 가실 수 있도록 하겠습니다. 내가 돌

보는 한 당신이 죽는 일은 없을 거예요. 약속하죠." 그러고는 주먹을 쥐고 그 주먹에 키스한 뒤 나를 향해 그 손을 뻗었다.

세라 페인이 애리조나 주에서 일주일 동안 강의를 하는데, 윌리엄이 내가 거기에 갈 수 있도록 비용을 대주겠다고 해서 나는 깜짝 놀랐다. 내가 뉴욕공립도서관에서 그녀를 보고 나서 몇 달 뒤의 일이었다. 나는 아이들과 그렇게 오래 떨어져 지낼 수 있을지에 대해 자신이 없었지만 윌리엄이 용기를 주었다. 그 강의는 '워크숍'이라는 이름으로 진행되었고, 이유는 알 수 없지만 나는 '워크숍'이라는 단어가 좋았던 적이 없었다. 내가 거기에 간 것은 강사가 세라 페인이었기 때문이다. 강의실에서 그녀를 봤을 때 나는 그녀가 옷가게에서 나를 만난 걸 기억할 거라고 생각하며 환하게 웃었다. 하지만 그녀는 그저 고개만 까딱했고, 나는 잠시 뒤에야 그녀가 나를 알아보지 못했다는 사실을 깨달았다.

우리가 유명인이 우리를 쳐다보기를, 살짝이라도 알은체해주기를 바란다는 건 어쩌면 맞는 말일지도 모른다.

우리는 언덕 꼭대기에 있는 오래된 건물에서 수업을 들었는데, 날씨는 따뜻했고 창문은 열려 있었다. 세라 페인은 거의 시작하자마자 바로 지치는 것 같았다. 피로한 기색이 얼굴에 고스란히 드러났다. 한 시간쯤 지났을 때 그녀의 얼굴은 공기가 충분히 차갑지 않아 모양이 망가진 흰색 점토처럼 허물어져 보였다. 그녀의 얼굴은 피로 때문에 이상한 모양으로 일그러졌고, 세 시간이 다 끝나갈 즈음에는 더욱 심해져 하얀 점토 얼굴은 거의 파르르 떨리는 듯 보였다. 그 강의가 그녀의 진을 완전히 빼놓은 것 같았다는 게, 내가 하려는 이야기다. 그녀의 얼굴이 피로로 유린되었다. 날마다 그녀는 조금 반짝거리는 얼굴로 수업을 시작했지만 몇 분 지나지 않아 피로가 그녀를 엄습했다. 나는 그전에도, 그 이후에도 피곤한 기색이 그토록 역력히 드러난 얼굴은 본 적이 없는 것 같다.

그 강의를 듣는 사람 중에는 최근에 암으로 아내를 잃은 남자도 있었는데, 세라가 그에게 잘해주는 것이 내 눈에 보였다. 내 느낌에는 우리 모두의 눈에 보였다. 우리는 이 남자가 같이 수업을 듣는 수강생이자 세라의 친구인 어느 여자를 사랑하게 되었다는 것을 알았다. 그건 괜찮았다. 그녀는 같이 사랑에 빠진 건 아니었지만, 그래도 예의를 갖추어 그를 대했다. 그녀와 세라가 아내와의 사별로 힘들어하는 그 남자를 대하는 태도에는 예의 같은 것이 배어 있었다. 세라의 수업을 듣는 사람 중엔 영어를 가르친다는 여자도 있었다. 볼이 불그스름하고 성격이 서글서글한 캐나다 남자도 있었다. 같이 수업을 듣는 사람들이 너무 캐나다인 같다고 그를 놀렸지만, 그는 잘 받아주었다. 캘리포니아 출신의 심리분석가라는 여자도 한 명 있었다.

지금 내가 말하고 싶은 것은 어느 날 이곳에서 벌어진 일에 대해서다. 열린 창문으로 난데없이 고양이 한 마리가 강의실 안으로 점프해 들어오더니 곧바로 커다란 탁자 위에 올라앉았다. 덩치가 엄청 크고 몸이 길쭉한 고양이였다. 내 기억으로는 작은 호랑이라고 해도 될 정도였다. 나는 소스라치게 놀라 벌떡 일어났고, 세라 페인도 벌떡 일어났다. 얼마나 겁에 질렸는지 그녀는 펄쩍펄쩍 뛰었다. 고양이는 강의실 문을 통해 잽싸게 달려나갔다. 평소 말을 거의 하지 않던 캘리포니아 출신의 그 심리분석가가 그날 세라 페인에게—내 귀에는—거의 힐난하는 듯한 목소리로 말했다. "외상 후 스트레스 장애를 경험한 지 얼마나 됐어요?"

기억나는 건 세라의 얼굴에 떠올랐던 표정이다. 그 말 때문에 그 여자를 싫어하는 게 역력히 드러났다. 세라는 그 여자를 싫어했다. 긴 침묵이 흘렀고, 사람들도 세라의 얼굴에 떠오른 감정을 눈치챘다. 아무튼 나는 그때 일을 그렇게 기억한다. 그때 아내와 사별한 그 남자가 말했다. "와우, 그 고양이 덩치 한번 정말로 크던데요."

그 일이 있은 뒤로 세라는 수업 시간에 사람을 평가하는 것에 대해, 그리고 평가 없이 빈 종이와 마주하는 일에 대해 많은 이야기를 했다.

우리는 이 워크숍에서 개별 연구를 약속받았는데, 세라는 개별 연구를 하면서 많이 지쳤던 게 틀림없었다. 사람들이 이런 워크숍에 오는 건 대개 발굴되어 자기 글을 발표할 기회를 얻기 위해서다. 워크숍에 참가하러 오면서 나는 내가 쓰고 있던 소설의 일부를 가져왔지만, 내 개별 연구 차례가 되자 그것 대신 뉴욕도서관에서 세라를 본 뒤 쓰기 시작한, 엄마가 나를 보러 병원에 왔을 때의 장면을 스케치한 원고를 꺼냈다. 전날 내가 그녀의 우편함에 넣었던 그 원고였다. 그녀는 우리가 옷가게에서 만난 이야기를 입 밖에 내지는 않았지만, 내 기억에 그날 그녀는 우리가 아주 오랫동안 알고 지낸 사이인 것처럼 말했었다. "너무 피곤해하는 모습을 보여서 미안해요." 그녀가 말했다. "맙소사, 현기증이 날 정도예요." 그녀가 몸을 앞으로 숙여 내 무릎을 가볍게 친 뒤 다시 뒤로 기대앉았다. "솔직히," 그녀가 부드럽게 말했다. "지난번 사람하고 할 때는 토하는 줄 알았어요. 정말로 게

내 이름은 루시 바턴   123

위올리면서 토하는 거요. 나는 이런 일에는 맞지 않는 사람 같아요." 그러고는 말했다. "내 말을 잘 들어요. 깊이 새겨들어요. 당신이 쓰고 있는 이것, 당신이 쓰고 싶어하는 이것." 그녀가 몸을 다시 앞으로 숙이며 손가락으로 내가 보여준 그 글을 톡톡 두드렸다. "이건 아주 좋아요. 발표할 수 있을 거예요. 잘 들어요. 가난과 학대를 결합한 것 때문에 사람들이 당신을 쫓아다닐 거예요. '학대'라니, 정말 바보 같은 단어 아닌가요. 아주 상투적이고 바보 같은 단어예요. 사람들은 학대 없는 가난도 있다고 말할 거예요. 그래도 당신은 절대 아무 반응도 하지 말아요. 자기 글을 절대 방어하지 말아요. 이건 사랑에 대한 이야기고, 그건 당신도 알 거예요. 이건 자신이 전쟁에서 저지른 일 때문에 평생을 하루도 빠짐없이 괴로워하는 한 남자의 이야기예요. 이건 그의 곁을 지켰던 한 아내의 이야기예요. 그 세대에 속한 아내들은 대부분 그랬으니까요. 그녀가 딸의 병실에 찾아와 모두의 결혼이 좋지 않은 결말을 맺었다는 이야기들을 강박적으로 하는 거예요. 정작 자신은 그 사실을 인지하지도 못해요. 자기가 그러고 있다는 걸 그녀 자신도 몰라요. 이건 딸을 사랑하는 한 어머니의 이야기예요. 불완전한 사랑이긴 하지만요. 왜냐하면 우리 모두 불완전한 사랑을 하니까요. 하지만 이 작품을 쓰면서 내가 누군가를 보호하려 한다는 생각이 들면 이 말을 떠올려요. 지금 나는 잘못하고 있는 거야." 그녀는 다시 뒤로 기대앉아 내가 읽어야 할 책들의 제목을 써주었다. 대부분은 고전이었다. 그녀도 일어서고 나도 나가려고 일어서는데 그녀가 불쑥 나를 불렀다. "잠깐만요." 그러고는 나를 안아준 뒤 자기 손가락에 대고 쪽 키스하는 소리를 냈는데, 그걸 보자 나는 그 친절한 의사가 떠올랐다.

내가 말했다. "지난번에 그 여자분이 PTSD에 대해 말했던 거 좀 그랬어요. 저도 놀라서 펄쩍 뛰었거든요."

세라가 말했다. "알고 있어요. 나도 봤어요. 자기가 받은 교육을 그런 식으로 다른 누군가를 내리누르는 수단으로 쓰는 사람이라면…… 음, 그런 사람은 그냥 형편없는 쓰레기예요." 그녀가 고단한 얼굴로 눈을 찡긋한 뒤 돌아섰다.

그뒤로 나는 그녀를 만나지 못했다.

"있잖아," 엄마가 말했다. 엄마가 내 침대 발치에 앉은 지 나흘째 되는 날이었다. "그 메릴린인가 뭔가 하는 여자애…… 그애 이름이 뭐였더라, 메릴린 매슈스였나, 이름이 뭐였는지 잘 모르겠네. 메릴린 뭔가 하는 애 있잖아. 기억나니?"

"기억나요. 네." 내가 말했다. "그럼요."

"이름이 뭐였지?" 엄마가 물었다.

"메릴린 뭐였는데." 내가 말했다.

"그애는 찰리 매콜리하고 결혼했지. 찰리는 기억나니? 물론 나겠지. 안 난다고? 칼라일 출신이었는데…… 음, 네 오빠 또래였던 것 같은데. 둘이 고등학교 때는 사귀지 않았어. 그애하고 메릴린 말이야. 어쨌거나 둘이 결혼했지. 둘 다 대학에 갔고. 위스콘신이었을 거야, 매디슨 캠퍼스. 그리고……"

내가 말했다. "찰리 매콜리. 잠깐만요. 키가 컸어요. 그들이 고등학생일 때 저는 아직 중학생이었어요. 메릴린이 추수감사절 만찬 때 우리 교회에 와서 자기 엄마가 음식 나르는 걸 도왔어요."

"오, 그랬지. 맞아." 엄마가 고개를 끄덕였다. "맞아. 메릴린은 아주 착한 아이였어. 이 말은 아까 했다만…… 네 오빠 또래였던 것 같고."

나는 문득 어느 날 학교가 끝나고 텅 빈 복도를 걸어갈 때 메릴린이 내게 웃어줬던 게 생생히 떠올랐다. 나를 안쓰럽게 여기는 착한 미소였지만, 메릴린은 그 미소가 자기보다 못한 사람을 향한 것처럼 여겨지기를 원치 않는다는 게 느껴졌다. 내가 메릴린을 잊지 않았던 것은 그런 이유 때문이었다.

"네가 메릴린을 기억할 이유가 뭐가 있어?" 엄마가 말했다. "너보다 나이가 그만큼이나 많다면서. 그 추수감사절 만찬 때문이니?"

"엄마는 뭣 때문에 기억하는데요?" 내가 엄마에게 물었다. "메릴린한테 무슨 일이 있었어요? 엄마는 어떻게 아는 거예요?"

"오." 엄마가 크게 한숨을 내쉬며 고개를 가로저었다. "요전날 한 여자가 도서관에 들어왔는데―요즘은 가끔 핸스턴에 있는 도서관에 가거든―이 여자가 딱 그애처럼 생긴 거야. 메릴린처럼. 그래서 내가 말을 붙였지. '내가 아는 사람하고 비슷해 보이네요. 그 사람도 내 자식들 또래인데.' 그런데 그 여자가 아무 대꾸가 없지 뭐니. 그런 일을 당하면…… 그런 일을 당하면 울컥 화가 치밀어, 너도 알겠지만."

나도 안다. 나도 그런 느낌을 받으며 살아왔다. 사람들이 우리를 인정하고 싶어하지 않는다는 느낌, 우리와 친구가 되고 싶어하지 않는다는 느낌. "오, 엄마." 내가 피곤한 듯 말했다. "그 사람들은 엿이나 먹으라고 해요."

"엿이나 먹으라고?"

"무슨 말인지 알잖아요."

"큰 도시에서 살면서 많은 걸 배웠구나."

나는 천장을 바라보며 가만히 미소를 지었다. 이 대화를 믿어줄 사람이 이 세상에 한 명이라도 있는지는 모르겠지만, 이건 누가 뭐래도 진실이었다. "엄마, '엿이나 먹어라' 같은 말은 굳이 대도시까지 와서 살아야 배우는 건 아니에요."

침묵이 흘렀고, 엄마는 이 문제를 곰곰이 생각해보는 것 같았다. 이윽고 엄마가 말했다. "그래. 피더슨 씨네 헛간에 가기만 해도 그 집 일꾼들이 하는 말을 들을 수 있었을 테니까."

"그 집 일꾼들은 '엿이나 먹어라'보다 훨씬 더 심한 말도 했어요." 내가 말했다.

128

"그랬겠지." 엄마가 말했다.

그리고 그런 순간이 내가 또 한번 그때는 왜 엄마한테 말하지 못했지? 하고 생각하게—이걸 기록하면서—되는 순간이다. 엄마, 내가 배워야 할 단어는 우리가 집이라고 불렀던 바로 그 거지 같은 차고에서 다 배웠어요. 왜 나는 그렇게 말하지 못했던 걸까? 그때 내가 아무 말도 하지 않았던 건, 그게 내가 평생 해왔던 방식이었기 때문인 것 같다. 누군가가 그 자신은 인식하지 못한 채 스스로 망신거리가 되었을 때 그 사람의 실수를 덮어주는 것. 내가 그렇게 하는 이유는, 내 생각에, 많은 순간에 그런 사람이 나일 수도 있기 때문이다. 심지어 지금도 나 스스로 망신거리가 되었음이 희미하게 인식되는 순간이면 어김없이 어린 시절의 그 느낌이 되살아난다. 다른 것으로는 결코 대체될 수 없는, 이 세상에 대한 앎을 구성하는 엄청나게 큰 조각들이 빠져 있는 느낌. 하지만 어쨌거나—나는 다른 사람들에게 그렇게 해주고, 심지어 다른 사람들이 내게 그렇게 해준다고 느낄 때에도 그렇게 한다. 그러니 그날 엄마에 대해서도 그렇게 했다고 생각할 뿐이다. 다른 사람들이었다면 일어나 앉아, 엄마, 정말 기억 안 나요? 하고 말하지 않았을까?

나는 전문가들에게 물었다. 그 친절한 의사 같은 친절한 전문가들에게. 고양이 때문에 깜짝 놀란 세라 페인에게 비열한 말을 한 그 여자 같은 몰인정한 사람들 말고. 그들의 대답은 사려 깊고, 거의 항상 똑같았다. 당신의 어머니가 어떤 기억을 가지고 있는지는 저도 모르겠네요. 나는 이런 전문가들이 좋다. 그들은 예의를 아는 사람들이고, 나도 이제는 진실한 말을 들으면 그렇다는 것을 알 것 같기 때문이다. 그들은 우리 엄마가 어떤 기억을 지니고 있었는지 모른다.

나도 엄마가 어떤 기억을 지니고 있었는지 모른다.

"그 일 때문에 메릴린이 떠올랐어." 엄마가 숨가쁜 목소리로 말을 이었다. "내가 그 주에, 며칠 지나 거기 갔다가 그 여자, 아무튼 그 여자한테 물어봤는데, 그 가게 이름이…… 오, 위즐, 거기가……"

"챗윈스 케이크 숍."

"그래, 거기." 엄마가 말했다. "그 여자가 아직 거기서 일하거든. 그 여자는 뭐든 다 알아."

"에벌린이요."

"에벌린. 내가 거기 앉아 케이크를 먹고 커피를 마시면서 말했어. '있잖아요, 요전날 메릴린 뭐라는 그애를 본 것 같아요.' 그랬더니 그 에벌린이, 나는 에벌린이 늘 좋았어……"

"저도 에벌린이 참 좋았어요." 내가 말했다. 좋아한 이유가, 그녀가 내 사촌 에이블에게도, 그리고 내게도 잘해주었고, 우리가 쓰레기통 안에 들어가는 걸 봐도 그것에 대해 한마디도 하지 않았기 때문이라는 사실은 말하지 않았다. 엄마도 내가 그 여자를 정말 좋아하는 이유에 대해서는 묻지 않았다.

엄마가 말했다. "음, 에벌린이 카운터를 닦다 말고 그러더라. '불쌍한 메릴린, 칼라일 출신의 그 찰리 매콜리하고 결혼했는데 아마 지금도 이 근처에 살걸요. 그애가 찰리하고 결혼한 건 둘이 대학에 다닐 때였어요. 찰리는 똑똑했는데, 아니나 다를까, 똑똑한 사람은 금방 데려가더라고요.'"

"누가 데려가요?" 내가 물었다.

"당연히 부패하고 타락한 우리 정부지." 엄마가 대답했다.

나는 아무 말 하지 않고 그저 천장만 올려다보았다. 내가 살면서 지금껏 경험한 바로는 우리 정부가 제공하는 최대한의 혜택―교육, 음식, 주택임대 보조금―을 받은 사람들이 정부가 하는 일에 사사건건 트집을 가장 잘 잡았다. 한편으로는 이해할 수 있는 일이다.

"메릴린의 똑똑한 남편을 정부에서 왜 데려갔어요?" 내가 물었다.

"당연히 장교로 만드느라 그랬지. 베트남전쟁 때. 내 짐작이긴 한데, 그때 뭔지는 몰라도 찰리가 아주 끔찍한 일을 해야 했던 모양이야. 에벌린 말로는 찰리가 그후로 예전과 완전히 달라졌다더구나. 결혼한 지 얼마 안 됐을 때 일어난 일이라니 정말 슬픈 일이지. 참으로, 참으로 슬픈 일이야." 엄마가 말했다.

나는 한참을 기다렸다. 누운 채 한참을 기다렸고, 내 심장은 쿵쾅쿵쾅 뛰었다. 나는 지금도 내 심장이 쿵쾅쿵쾅 울리던 소리가 기억난다. 그때 나는 어렸을 때 늘―혼자서만―그것이라고 불렀던 그런 상황을 떠올리고 있었다. 내 어린 시절의 가장 무서웠던 시간을. 나는 겁에 질린 채 누워 있었다. 그토록 오랜 세월이 지난 지금, 이제껏 입을 열지 않던 엄마가 그 이야기를 꺼낼까봐 나는 몹시 겁이 났다. 마침내 내가 말했다. "그런 일을 겪은 뒤에 그는 어떻게 됐어요? 메릴린한테 못되게 군대요?"

"글쎄." 엄마가 말했다. 엄마의 목소리가 갑자기 고단하게 느껴졌다. "찰리가 어떻게 하는지는 나도 모르지. 아마 요즘엔 도움받을 길이 있을 거야. 적어도 그 증상에 붙은 이름은 있잖아. 사람들이 전쟁 때문에 정신적 외상을 입었다고 처음 말을 듣던 때와는 시대가 달라졌으니. 그걸 뭐라고 부르건 간에."

그날 일을 떠올려보면, 엄마가 알면서―혹은 모르면서―대화의 방향을 어떤 쪽으로 끌어가려고 했을 때 가능한 한 빠르게, 가능한 한 서둘러 방향을 다른 데로 돌리려 했던 사람은 나였다.

"누군가가 메릴린에게 못되게 군다는 생각은 하고 싶지 않아요." 나는 그렇게 말한 뒤, 아직 의사가 나를 보러 오지 않았다고 덧붙였다.

"토요일이잖니." 엄마가 말했다.

"그래도 올 거예요. 늘 오거든요."

"토요일에는 근무하지 않을걸." 엄마가 말했다. "너한테 어제 주말 잘 보내라고 했잖아. 나는 그 말을 토요일에는 일하지 않는 다는 말로 들었는데."

그러자 나는 더럭 겁이 났다. 엄마의 말이 맞을까봐 겁이 났다. "오, 엄마." 내가 말했다. "이제 지긋지긋해요. 빨리 나았으면 좋겠어요."

"나을 거야." 엄마가 말했다. "분명히 봤어. 나을 거야. 하지만 네 삶에 문제가 좀 생길 것 같구나. 그래도 지금 중요한 건, 네가 나을 거란 거지."

"확실해요?"

"확실해."

"문제라면 어떤 거요?" 나는 이렇게 물으면서도 농담처럼 들리 게 하려고 애썼다. 문제가 좀 생긴들 어때서?, 그렇게 들리도록.

"문제라면……" 엄마는 한동안 말이 없었다. "대부분의 사람 들이 겪는 그런 거지. 일부가 겪거나. 결혼 문제. 아이들은 괜찮 을 거야."

"어떻게 알아요?"

"내가 어떻게 아느냐고? 어떻게 아는지는 나도 몰라. 내가 어떻게 아는지를 알았던 적은 없단다."

"알겠어요." 내가 말했다.

"좀 쉬거라, 루시."

아직 6월 초라 낮이 매우 길었다. 황혼녘에 불빛이 하나둘씩 켜지며 도시의 휘황한 풍경이 창문을 통해 보인 뒤에야 병실 입구에서 목소리가 들렸다. "숙녀분들." 그가 말했다.

우리가 웨스트빌리지에서 살기 시작한 지 몇 년이 지났을 때 나는 처음으로 게이 프라이드 퍼레이드에 가보았다. 빌리지에서 산다는 것은 그 행사를 매우 대단한 일로 만들었다. 당연했다. 이곳은 스톤월*의 역사가 있는 곳이었고, 그러고는 AIDS라는 그 끔찍한 병이 알려졌다. 많은 사람들이 거리를 따라 죽 늘어서서 지지를 보냈고, 또한 고인이 된 사람들을 기념하고 추모했다. 나는 크리시의 손을 잡고 있었고, 윌리엄은 베카를 허리께에 걸쳐 안고 있었다. 우리는 남자들이 자주색 하이힐을 신거나 가발을

---

* 1969년 뉴욕의 유일한 게이바였던 스톤월 인(Stonewall Inn)에 경찰이 급습했고, 이에 동성애자들이 농성을 벌인 것을 계기로 1970년부터 이 퍼레이드가 자리를 잡았다.

쓰고 일부는 드레스를 입고 걸어가는 모습을 서서 지켜보았다. 곧 어머니들이 행진하며 지나갔다. 뉴욕에서 열리는 행사에서 볼 법한 온갖 볼거리가 있었다.

윌리엄이 나를 돌아보며 말했다. "루시, 왜 그래, 무슨 일이야." 그가 내 얼굴에서 뭔가를 읽어냈던 것이다. 나는 고개를 저으며 집으로 가겠다고 돌아섰다. 그가 내 옆에서 따라오며 말했다. "오, 버튼. 이제 기억났어."

그는 내가 그 이야기를 털어놓은 유일한 사람이었다.

아마 오빠가 고등학교 1학년 때였을 것이다. 오빠는 동급생들보다 나이가 한 살쯤 더 많았거나 적었을 것이다. 우리가 여전히 차고에 살 때였으니 나는 열 살쯤이었을 것이다. 엄마가 바느질일을 했기 때문에 차고 구석에 놓인 바구니에 여러 종류의 하이힐을 보관해두고 있었다. 그 바구니는 다른 여자들의 옷장과 비슷한 것이었다고 할 수 있다. 그 안에는 브래지어와 거들, 가터벨트 같은 것도 있었다. 내 생각에 그런 건 다 다른 여자들이 수선을 맡긴 것이었을 텐데, 속옷들의 짝이 맞게 맡겨지지는 않았다. 여자들이 그런 것을 착용하는 것이 일반적인 일이었다 해도, 엄마는 손님이 올 때가 아니면 착용하지 않았다.

비키 언니가 그날 나를 찾으러 소리를 지르며 학교 운동장에 왔는데, 그날이 등교일이었는지, 비키가 어째서 나하고 같이 있지 않았는지 그건 잘 모른다. 그저 기억나는 건 비키의 비명소리, 모여든 사람들, 그리고 웃음소리뿐이다. 아빠가 트럭을 몰고 시내 중심가를 돌면서 오빠에게 소리를 지르고 있었다. 오빠는 내가 그 바구니에서 봤던 큰 하이힐을 신고 티셔츠 위에 브래지어를 한 채 거리를 걸어가고 있었다. 목에는 모조 진주 목걸이가 걸려 있었고, 얼굴에는 눈물이 줄줄 흘러내리고 있었다. 아빠는 트럭을 몰고 오빠 옆을 따라가면서 오빠가 빌어먹을 동성애자라는 건 이제 모르는 사람이 없겠다고 소리를 질렀다. 나는 내 눈으로 본 것을 믿을 수 없었고, 내가 동생이었음에도 비키의 손을 잡고 집까지 함께 걸어왔다. 집에 있던 엄마가 우리를 보고 말했다. 오빠가 엄마의 옷을 입고 돌아다녔는데, 그건 혐오스러운 일이라 아빠가 오빠를 혼낼 테니 비키보고 소리 좀 그만 지르라고 했다. 그래서 나는 비키와 함께 들판으로 나가, 날이 저물고 우리집보다 어둠이 더 무서워질 때까지 그곳에 있었다. 내 기억이 사실인지는 자신 없지만, 나는 내가 바로 알고 있다고 생각한다. 그러니까 그건 사실이다. 우리를 알았던 누구에게 묻더라도.

빌리지에서 퍼레이드가 열린 그날, 나는 윌리엄과 다투었던 것 같다—확실하지는 않다. 그가 "버튼, 당신은 그저 그 사실을 받아들이지 못하는 것뿐이야, 안 그래?" 하고 말했던 것이 기억나기 때문이다. 그가 그 말을 한 건, 내가 사랑받을 수 있음을, 사랑받을 만한 사람임을 나 자신이 받아들이지 못한다는 뜻이었다. 그는 우리가 다툴 때 걸핏하면 그 말을 했다. 나를 "버튼"이라고 부른 사람은 그가 유일했다. 하지만 그가 그 나머지 말을 한 마지막 사람은 아니었다. 당신은 그저 그 사실을 받아들이지 못하는 것뿐이야, 안 그래?

세라 페인이 우리에게 평가 없이 빈 종이와 마주하라고 말했던 그날, 그녀는 우리에게 다음과 같은 사실을 일깨워주었다. 다른 사람을 완전히 이해한다는 것, 그것이 어떤 것인지 우리는 절대 알지 못하며, 앞으로도 절대 알 수 없을 것임을. 단순한 생각 같지만, 나는 나이를 먹을수록 그녀가 그 말을 할 수밖에 없었던 것을 점점 더 잘 이해하게 되었다. 우리는 생각한다. 늘 생각한다. 우리가 누군가를 얕보게 되는 것은 무엇 때문인지, 우리 자신을 그 사람보다 우월하다고 느끼는 것은 무엇 때문인지를. 그날 밤—방금 서술한 내용보다 이 부분이 더 잘 기억난다—어둠 속에서 아빠가 오빠 옆에 누워 오빠를 아기 안듯 안아주었다고, 오빠를 무릎에 올리고 가만가만 흔들어주었다고 나는 말하려 한

다. 나는 어느 눈물이 누구의 것이고 어느 중얼거림이 누구의 것
이었는지 분간할 수 없었다.

"엘비스." 엄마가 말했다. 밤이었다. 창문을 통해 들어오는 도시의 불빛을 제외하면 병실은 어두웠다.

"엘비스 프레슬리 말이에요?"

"네가 아는 엘비스가 또 있니?" 엄마가 물었다.

"아니요. 엄마가 '엘비스'라고만 해서요." 나는 기다렸다. 그리고 말했다. "'엘비스'는 왜요, 엄마?"

"유명했잖아."

"유명했죠. 너무 유명해서, 그 때문에 죽었잖아요."

"약물 때문에 죽었어, 루시."

"하지만 그건 외로움과 관련이 있을 거예요, 엄마. 아주 유명해진 데서 비롯하는 외로움 말예요. 생각해보세요. 그는 어딜 마음대로 가지도 못했어요."

한참 동안 엄마는 아무 말이 없었다. 엄마는 정말로 이 문제를 생각해보는 것 같았다. 이윽고 엄마가 말했다. "나는 엘비스가 초기에 부른 노래를 좋아했어. 네 아빠는 엘비스가 악마나 다름없다고 생각했지. 결국에는 바보 같은 옷을 입었지만, 그래도 그의 목소리를 들어보면, 루시⋯⋯"

"엄마. 엘비스의 목소리는 들어봤어요. 엄마가 엘비스에 대해 알고 있을 줄은 몰랐어요. 엄마, 엘비스는 언제 들은 거예요?"

다시 긴 침묵이 흘렀고, 이어 엄마가 말했다. "음⋯⋯ 그는 그냥 투펠로 출신의 사내였어. 미시시피 주 투펠로 출신의 가난하고 자기 엄마를 사랑했던 남자. 천박한 사람들의 마음을 사로잡았지. 그를 좋아하는 사람들은 그런 사람들이야. 천박한 사람들." 엄마는 잠시 뜸을 들이다 말했고, 엄마의 목소리는 처음으로, 정말로 내 어린 시절의 엄마 목소리로 돌아가고 있었다. "네아빠가 옳았어. 그는 그저 한참 모자란 쓰레기야."

쓰레기.

"죽은 쓰레기겠죠." 내가 말했다.

"뭐, 그렇지. 약물로."

내가 마침내 말했다. "우리도 쓰레기였어요. 우리가 정확히 쓰레기였어요."

내가 어렸을 때 익숙하게 듣던 목소리로 엄마가 말했다. "루시 바턴, 못된 계집애 같으니. 너한테 우리가 쓰레기라는 말을 들으러 내가 이 나라를 가로질러 여기까지 날아온 게 아니야. 우리는 이 나라로 건너온 최초의 사람들이었어, 루시 바턴. 내 조상과 네 아빠의 조상 모두. 너한테 우리가 쓰레기라는 말을 들으러 내가 이 나라를 가로질러 여기까지 날아온 게 아니라고. 그들은 선량하고 점잖은 사람들이었어. 그들은 매사추세츠 주 프로빈스타운의 해안에 닿았고, 물고기를 잡는 정착민이었어. 우리는 이 나라에 정착했고, 나중에 선하고 용맹한 사람들은 중서부로 건너갔지. 우리는 그런 사람이야. 너는 그런 사람이라고. 그 사실을 절대 잊어서는 안 돼."

내가 대답하기까지는 약간의 시간이 걸렸다. "잊지 않을게요." 그러고는 말했다. "안 잊어요, 미안해요, 엄마. 미안해요."

엄마는 말이 없었다. 엄마의 분노가 내게 느껴지는 것 같았고, 엄마가 한 말 때문에 내가 병원에 더 오래 머물게 될 거란 느낌도 약간 들었다. 그러니까, 내 몸에서 그렇게 느껴졌다는 얘기다. 나는 이렇게 말하고 싶었다. 집으로 돌아가요. 집으로 돌아가서 사람들한테 우리는 쓰레기가 아니었다고 말하세요. 엄마의 조상이 이곳에 와서 인디언을 죄다 학살했다고 말하세요, 엄마! 집으로 가서 사람들한테 다 말해요.

어쩌면 그때 내가 엄마한테 그 말을 하고 싶었던 건 아니었을 것이다. 어쩌면 그건 지금 이 글을 쓰면서 떠오른 말일지도.

자기 엄마를 사랑했던 투펠로 출신의 가난한 남자. 마찬가지로 자기 엄마를 사랑했던 앰개시 출신의 가난한 여자.

나는 '쓰레기'란 단어를 그날 병원에서 엄마가 엘비스 프레슬리에 대해 말했던 것과 같은 방식으로 써왔다. 나는 퇴원하고 얼마 지나지 않아 사귄 좋은 친구—그녀는 내 인생 최고의 여자 친구다—와 대화할 때 그 말을 사용했다. 엄마가 나를 보러 병원에 다녀간 뒤, 내가 그녀를 만난 뒤에 있었던 일이다. 그녀가 자기는 엄마와 서로 치고받으면서 싸운다길래, 그 순간 내가 이렇게 말해버린 것이다. "그건 너무 쓰레기 같아요."

그러자 친구가 말했다. "뭐, 우리는 쓰레기였어요."

내 기억에 그녀의 목소리는 방어적이고 화가 나 있었다. 왜 그렇지 않겠는가? 나는 내가 그 말을 한 게 큰 잘못으로 느껴졌지만, 그런 마음이 들었다는 걸 그녀에게 말하지는 않았다. 그 친구는 나보다 나이가 많았고, 나보다 아는 것이 많았다. 어쩌면 그녀—그녀 또한 회중교회 신자로 자랐다—는 우리가 그 일에 대해 다시 말하지 않을 거라는 사실도 알고 있을 것이다. 어쩌면 그녀는 그 일을 잊어버렸을지도 모른다. 그랬을 거라고는 생각하지 않지만.

　이런 일도 있었다.

　내가 대학에 합격했다는 사실을 알게 된 직후에 나는 고등학교 영어 선생님에게 내가 쓴 글을 보여주었다. 자세한 건 기억나지 않지만, 이것만큼은 기억난다. 그가 '저렴한'이라는 단어에 동그라미를 쳤다. '그 여자가 입은 드레스는 저렴해 보였다.' 그 비슷한 문장이었을 것이다. 그 단어는 쓰지 마라. 선생님이 말했다. 좋지도 않고 정확하지도 않아. 그가 정확히 그렇게 말했는지는 잘 모르겠지만 그가 그 단어에 동그라미를 치면서 좋지도 멋지지도 않다고 조심스럽게 말했던 건 확실하다. 나는 늘 그렇게 기억한다.

"있잖아, 위즐." 엄마가 말했다.

이른 아침이었다. 쿠키가 들어와 체온을 잰 뒤 내게 주스를 마시고 싶은지 물었다. 내가 한번 마셔보겠다고 말했고, 그녀는 병실에서 나갔다. 나는 화가 났는데도 잠이 들었었다. 하지만 엄마는 매우 피곤해 보였다. 엄마는 이제 화가 나 있는 것 같지는 않았다. 그저 피곤해 보였고, 엄마가 나를 보러 병원에 온 뒤로 줄곧 보여준 모습으로 다시 돌아온 것 같았다. "내가 미시시피 메리에 대해 말했던 거 기억나니?"

"아니요. 아. 잠깐만요. 멈퍼드 씨네 자매들을 낳은 메리 멈퍼드요?"

"그래. 맞아! 그 여자가 그 멈퍼드 집안 사내하고 결혼했지. 그래, 그 집 딸들. 챗윈스 케이크 숍에서 에벌린이 그 여자 이야기를 곧잘 했지. 둘이 먼 친척이었거든. 에벌린의 남편하고 사촌이라고 했던가, 기억은 잘 안 나는구나. '미시시피 메리', 에벌린은 그렇게 불렀어. 찢어지게 가난했지. 우리가 엘비스에 관한 이야기를 한 뒤에 그 여자가 떠올랐어. 그 여자도 투펠로 출신이었거든. 하지만 그 여자 아버지가 가족을 데리고 일리노이─칼라일─로 건너왔고, 그 여자는 거기서 자랐지. 그 가족이 일리노이로 온 이유는 나도 몰라. 어쨌든 그 아버지는 주유소에서 일했어. 그 여자 말투에는 남부 억양이 없었어. 불쌍한 메리. 하지만 정말로 귀여웠어. 치어리더 단장이었고, 축구팀 주장하고 결혼했지. 그 멈퍼드 집안 사내. 그는 돈이 많았어."

엄마가 다시 서두르는 듯한 억눌린 목소리로 말했다.

"엄마……"

엄마가 나를 보며 손을 내둘렀다. "들어봐, 위즐, 네게 괜찮은 이야기가 필요하다면 말이야. 들어봐. 이 이야기를 써봐. 그러니까, 내가 거기 가서 음, 그 여자에 관한 이야기를 꺼냈더니 에벌린이 말해준 건데……"

"메릴린 뭔가 하는 여자." 우리는 동시에 이 말을 했고, 엄마가 잠시 말을 멈추고 미소를 지었다. 오, 나는 엄마를 사랑했다, 우리 엄마!

"들어봐. 미시시피 메리가 이 돈 많은 남자하고 결혼해서, 오, 정확하게는 모르겠다만, 다섯인가 여섯 명의 딸을 낳았어. 모두 딸이었던 것 같아. 그 여자는 명랑한 성격이었고, 아주 큰 집에서 살았는데, 거기서 남편이 사업을 했어. 무슨 사업이었는지는 나도 모르겠구나. 아무튼 남편이 사업 때문에 출장을 가곤 했는데, 십삼 년 동안 자기 비서하고 놀아났던 게 나중에 밝혀진 거야. 그 비서는 뚱뚱한 여자, 엄청 뚱뚱한 여자였대. 메리가 마침내 그 사실을 알게 됐고, 심장마비가 왔어."

"죽었어요?"

"아니. 죽진 않았을 거야." 엄마가 뒤로 기대앉았다. 엄마는 몹시 지쳐 보였다.

"엄마. 슬픈 이야기네요."

"당연히 슬픈 이야기지."

우리는 한동안 침묵했다. 이윽고 엄마가 말했다. "그 여자가 생각난 건—물론 이 모든 이야기는 그 여자와 친척 사이인 챗윈스 숍의 에벌린한테 들은 거지만—그 여자가 엘비스를 아주 좋아했고, 그 여자도 엘비스가 태어난 그 쓰레기 하치장 같은 곳에서 태어났기 때문이야."

"엄마."

"왜, 루시?" 엄마가 고개를 돌려 나를 힐끔 쳐다보았다.

내가 말했다. "엄마가 여기 와줘서 참 좋아요."

엄마는 고개를 끄덕였고 다시 창밖을 내다보았다. "나는 그게 얼마나 이상한지 생각하곤 했어. 엘비스와 미시시피 메리, 둘 다 찢어지게 가난하게 살다가 엄청난 부자가 됐잖아. 그런데 그게 두 사람 모두에게 조금도 득이 되지 않았던 것 같거든."

"그렇지 않았죠. 아무렴요." 내가 말했다.

나도 이 도시에서 엄청난 부자들만 간다는 장소들에 가봤다. 그중 한 곳은 병원이었다. 여자들과 몇몇 남자들이 자신을 늙어 보이지 않게, 걱정 많아 보이지 않게, 혹은 자기 엄마처럼 보이지 않게 만들어줄 의사를 만나려고 대기실에 앉아 있었다. 나도 몇 년 전에 엄마처럼 보이고 싶지 않아 그곳에 갔었다. 의사는 거의 모든 사람들이 처음 병원에 와서는, 자기 얼굴이 엄마처럼 보이는데 그렇게 보이고 싶지 않다고 말한다고 했다. 나는 내 얼굴에서 아빠의 얼굴도 보았고, 그 여자 의사는 알겠다고, 그것도 도와줄 수 있을 거라고 말했다. 의사의 말로는 대체로 사람들이 닮아 보이고 싶지 않은 대상은 어머니—혹은 아버지—라고, 종종 둘 다이기도 하지만 대개는 어머니라고 했다. 그녀가 내 입가의 주름에 작은 바늘을 찔러넣었다. 이젠 아름다워요, 그녀가 말했다. 이제 자기 자신처럼 보여요. 사흘 뒤에 다시 보죠.

사흘 뒤 찾은 대기실에는 몹시 나이든 여자가 앉아 있었는데, 거의 반으로 꺾어진 허리에 보호대를 착용하고 있었다. 그녀는 한참 젊어진 얼굴로 미소를 지었다. 나는 그녀가 용기 있는 사람이라고 생각했다. 내 옆에는 중학생으로 보이는 소년과 그 아이의 누나가 앉아 있었다. 엄마를 기다리고 있었을 것이다―누구를 기다리고 있었는지는 사실 모른다. 아무튼 부잣집 아이들이었다. 이런 건 느낌으로 알게 되는데, 그애들을 본 곳이 그 의사의 그 병원이 아니었더라도 알았을 것이다. 나는 소년과 그 아이의 누나를 지켜보았다. 그들은 핍스에게 전화를 거는 일에 대해 이야기하고 있었는데, 누나가 이 전화기로는 국내전화만 가능해, 국제전화는 걸 수 없어, 하고 말했다. 소년은 그 말을 다정하게 받아주면서, 핍스에게 이메일을 보내 핍스보고 자기들한테 전화를 하라고 하는 건 어떠냐고 제안했다. 그 순간 나는 소년이 그 늙은 여인을 쳐다보는 것을 보았다. 소년은 그녀를 흥미롭게 쳐다보았는데, 그녀의 허리가 심하게 굽어서 그 아이의 눈에 그녀는 당연히 다른 종種처럼 보였을 것이다. 그 아이에게 그녀가 얼마만큼 늙어 보일지 내 눈에 보였다. 다시 말해 내 눈에 보이는 것 같았다. 나는 소년과 그 누나가 참 마음에 들었다. 건강하고 아름답고 착한 아이들 같았다. 그 늙은 여인이 천천히 일어섰다. 그녀의 지팡이에는 밝은 분홍색 리본이 묶여 있었다.

소년이 벌떡 일어서서 문을 열어주었다.

이곳은 대단한 도시다. 하지만 그 말은 이미 했다.

그날 밤, 엄마가 병원에 와서 내 곁을 지켜주었던 날들—닷
새 동안이었다—의 마지막 밤에 나는 오빠에 대해 생각했다. 학
교 옆 들판에서 한 무리의 사내아이들을 봤던 기억이 떠올랐는
데, 내가 여섯 살쯤 되었을 때였을 것이다. 싸움이 벌어졌는데,
한 아이가 한 무리의 사내아이들에게 일방적으로 얻어맞고 있었
다. 얻어맞던 쪽이 내 오빠였다. 오빠의 얼굴을 보니, 오빠는 겁
에 질려 꼼짝 못하는 것 같았다. 솔직히 오빠는 몸을 움직일 수
조차 없는 것 같았다. 아이들이 오빠를 때리는 동안 오빠는 몸을
웅크리고 있었다. 내가 이 장면을 본 건 아주 잠시였는데, 내가
돌아서서 달아났기 때문이다. 나는—그날 밤 병원에서—오빠
의 추첨 번호가 행운의 번호였기 때문에* 오빠가 베트남에 가지

않아도 되었던 사실 역시 떠올렸다. 오빠가 그 사실을 알기 전에 부모님이 밤중에 소곤거리던 것도 기억났다. 나는 아빠가 이렇게 말하는 소리를 들었다. 군대가 걔를 죽일 거야, 그런 일이 일어나게 내버려둘 수는 없어, 군대는 개한테 끔찍한 곳이야. 그리고 얼마 되지 않아 오빠의 번호가 행운의 번호로 밝혀진 것이다. 아빠는 오빠를 사랑했다! 그날 밤 나는 그 사실을 깨달았다.

그리고 이런 일도 기억났다. 레이버 데이**였는데, 아빠가 나 혼자만 40마일쯤 떨어진 몰린에 데려갔다―아빠와 둘이서만 간 이유는 나도 모른다. 그러니까, 오빠와 언니가 어디 있었는지는 모른다. 어쩌면 아빠는 몰린에서 볼일이 있었겠지만, 아빠가 몰린뿐 아니라 다른 어디에서 어떤 종류의 볼일이 있었는지는 짐작하기 어렵다. 하지만 거기서 아빠와 함께 블랙 호크 페스티벌을 구경했던 건 기억난다. 우리는 인디언이 춤추는 모습을 구경했다. 인디언 여자들은 남자들 주위에 원을 그리고 서서, 남자들이 격한 동작으로 춤을 추는 동안 작은 스텝만 밟았다. 아빠는 몹시 흥미롭게 그 춤과 축제 행사를 구경하는 것 같았다. 거기서 캔디애플을 팔았는데, 나는 그게 미치도록 먹고 싶었다. 나는 캔

---

* 베트남전 당시 미국에서는 징집 여부를 번호 추첨으로 결정했다.
** 미국과 캐나다의 노동절로 9월 첫번째 월요일.

디애플을 먹어본 적이 없었다. 아빠가 하나를 사주었다. 아빠가 그렇게 해주었다는 건 굉장한 일이었다. 하지만 내 기억에 나는 그 캔디애플을 먹지 못했다. 내 작은 이로는 딱딱한 빨간 껍질을 베어 물 수가 없었고, 나는 그게 슬프고 속상했다. 아빠가 가져가 나 대신 먹었지만 아빠의 이마에는 깊은 골이 팼다. 내가 아빠에게 걱정을 끼쳤다는 기분이 들었다. 그뒤로는 댄서들을 구경하지 못하고 나보다 한참 위에 있던 아빠의 얼굴만 올려다봤던 게 기억난다. 아빠는 먹을 수밖에 없어 먹어야 했던 그 캔디애플 때문에 입술이 빨개져 있었다. 내 기억에, 나는 이래서 아빠를 사랑한다. 아빠는 나를 혼내지 않았고, 내가 캔디애플을 먹을 수 없었던 것 때문에 내 기분을 상하게 하지도 않았다. 그저 내게서 그걸 가져가 혼자, 심지어 아무 즐거움도 느끼지 못하고 먹기만 했다.

그리고 이것도 기억났다. 아빠는 자신이 지켜보던 그 춤을 흥미롭게 구경했다는 것. 아빠는 그것에 흥미를 느꼈다. 아빠는 춤추는 인디언을 보면서 무슨 생각을 했을까?

도시 전체에 불빛이 퍼지기 시작할 무렵 내가 불쑥 물었다.
"엄마, 나를 사랑해요?"

엄마는 고개를 젓더니 창밖의 불빛을 내다보았다. "위즐, 그만해."

"엄마, 말해봐요, 어서요." 나는 웃기 시작했고, 엄마도 웃기 시작했다.

"위즐, 나 원 참."

내가 일어나 앉아 아이처럼 손뼉을 쳤다. "엄마! 나를 사랑해요? 나를 사랑해요? 나를 사랑해요?"

엄마는 여전히 창밖을 내다보며 내 쪽으로 손을 휙 내저었다. "계집애가 바보 같긴." 엄마가 말하면서 고개를 저었다. "바보 같긴. 계집애가 바보 같긴."

나는 다시 누워 눈을 감았다. 내가 말했다. "엄마, 나, 눈 감았어요."

"루시, 이제 그만해." 엄마의 목소리에 즐거움이 묻어 있었다.

"어서요, 엄마. 눈 감았다니까요."

한동안 침묵이 흘렀다. 나는 행복했다. "엄마?" 내가 말했다.

"네가 눈을 감으면." 엄마가 말했다.

"엄마는 내가 눈을 감았을 때만 사랑해요?"

"네가 눈을 감으면." 엄마가 말했다. 우리는 이 게임을 그만두었지만, 나는 매우 행복했다……

세라 페인이 말했다. 자신의 글에 약점이 보이면 독자가 알아
내기 전에 정면으로 맞서서 결연히 고쳐야 해요. 자신의 권위가
서는 게 그 지점이에요. 가르친다는 행위에서 오는 피로가 얼굴
에 가득 내려앉았던 그 강의 시간 중 하나에서 그녀가 말했다.
사람들은 우리 엄마가 사랑한다는 말을 절대 할 수 없을 거라는
사실을 이해하지 못할 것 같다. 사람들은 이해하지 못하겠지만,
그래도 괜찮았다.

다음날—월요일에—병실에서 쿠키가 내게 한번 더 엑스레이 촬영을 해야 한다고 말했다. 간단한 거라고, 사람들이 곧 와서 나를 데려갈 거라고, 그녀가 말했다. 그러고는 한 시간도 지나지 않아 나는 병실로 다시 돌아왔다. 엄마가 나를 보고 손가락을 꼼지락거렸고, 다시 내 침대로 옮겨질 때 나도 손가락을 꼼지락거렸다. "정말 별거 아니었어요." 내가 엄마에게 말했다. 그러자 엄마가 말했다. "너는 용감하니까, 위즐-디." 엄마가 창밖을 내다보았고, 나도 창밖을 내다보았다.

우리는 그때 더 많은 이야기를 나눌 수도 있었을 것이다. 분명 그랬을 것이다. 하지만 그때 의사가 급하게 들어오며 말했다. "수술을 해야 할지도 모르겠어요. 폐색증 같아서요. 방금 본 게

영 마음에 걸려요."

"수술은 못해요." 내가 일어나 앉으며 말했다. "수술하면 난 죽을 거예요. 내 몸이 얼마나 말랐는지 보세요!"

의사가 말했다. "아픈 것만 빼면 건강하고 젊어요."

엄마가 일어섰다. "나는 그만 집에 돌아가야겠다." 엄마가 말했다.

"엄마, 안 돼요, 가긴 어딜 가요!" 내가 소리쳤다.

"가야 해. 여긴 있을 만큼 있었어. 이제 돌아갈 때가 됐어."

의사는 엄마의 말에 아무 반응이 없었다. 지금 기억나는 건 수술이 필요한지 알아보기 위해 다른 검사를 받도록 그가 결정했다는 사실뿐이다. 그리고 내가 병원에 오 주 가까이 더 입원해 있는 동안 의사는 내게 엄마에 대해 아무것도, 엄마가 보고 싶은지도 물어보지 않았다. 또한 엄마가 여기 와서 좋았겠다는 말도 하지 않았다. 엄마에 대해서는 어떤 말도 하지 않았다. 그래서 나도 그 친절한 의사에게 엄마가 얼마나 보고 싶은지, 엄마가 여기 온 것이 어떤 의미였는지 말하지 않았다―어쨌거나 그건 말할 수 없었을 것이다. 그래서 나도 그 일에 대해서는 아무 말도 하지 않았다.

엄마는 그날 떠났다. 엄마는 택시를 어떻게 잡아야 하나 두려워했다. 나는 간호사 한 명에게 엄마를 도와달라고 부탁했지만, 엄마가 퍼스트 애비뉴에 도착하면 어떤 간호사도 엄마를 도울 수 없다는 걸 알고 있었다. 벌써 두 남자가 병실로 이동용 침대를 밀고 들어왔고, 내 침대의 난간이 내려졌다. 나는 엄마에게 자주 해본 사람처럼 팔을 들고 "라과디아"라고 외치라고 알려주었다. 하지만 엄마가 겁에 질린 게 보였고, 나 또한 겁에 질려 있었다. 엄마가 내게 작별 키스를 해주었는지는 전혀 기억나지 않지만, 그랬을 가능성은 거의 없다. 내 기억으로는 엄마가 한 번이라도 내게 키스를 해준 적은 없다. 어쩌면 엄마가 내게 키스를 해줬는지도 모른다. 내가 잘못 알았을 수도 있다.

내가 입원했던 무렵에 AIDS는 끔찍한 질병이었다는 말은 이미 했다. 지금도 끔찍한 질병이긴 하지만 이제는 사람들도 익숙해졌다. 익숙해지는 것이 좋은 것만은 아니다. 하지만 내가 입원해 있던 당시 그 질병은 새로운 것이었고, 그 질병을 오지 못하게 막는 방법을 아는 사람도 아직은 없었다. 그래서 이 질병에 걸린 사람이 입원한 병실 문에는 노란색 스티커가 붙어 있었다. 지금도 기억난다. 검은 줄이 그어진 노란 스티커. 나중에 윌리엄과 함께 독일에 갔을 때 나는 병원에서 본 그 노란 스티커를 떠올렸다. 그 스티커에 ACHTUNG!*이라고 쓰여 있던 건 아니었

---

* '주의, 조심'이라는 뜻의 독일어.

지만, 꼭 그런 느낌이었다. 나는 나치가 유대인에게 달게 한 노란 별도 떠올렸다.

엄마도 급히 떠나고 나도 급히 이동용 침대에 옮겨졌다. 내가 누운 침대는 갑자기 넓은 엘리베이터 밖으로 밀려나와 다른 층 복도의 벽에 붙여 세워졌는데, 급히 옮겨졌던 것치고는 그 상태로 그렇게 오래 방치되었다는 사실이 오히려 놀라웠다. 그때 이런 일이 있었다. 내 침대가 세워진 곳에서 복도 건너편 병실이 바라보였는데, 조금 열린 문에 그 끔찍한 노란 스티커가 붙어 있었던 것이다. 검은 눈동자, 검은 머리칼의 한 남자가 침대에 누워 있는 것이 보였고, 내 느낌에 그는 내게서 한시도 눈을 떼지 않는 것 같았다. 나는 그가 죽어간다는 사실이 끔찍하게 느껴졌고, 그렇게 죽어가는 건 끔찍한 죽음임을 알고 있었다. 나는 죽는 게 두려웠지만, 나는 그가 걸린 병에 걸리지 않았고, 그 사실은 그도 알았을 것이다—내가 그 병에 걸린 환자였다면 병원에서 나를 그렇게 오래 복도에 방치해두었을 리가 없었기 때문이다. 나는 그 남자의 시선에서 내게 뭔가를 간절히 부탁한다는 느낌을 받았다. 나는 시선을 돌려서 그의 프라이버시를 지켜주려 했지만 내가 힐끔 쳐다볼 때마다 그는 여전히 나를 응시하고 있었다. 나는 아직도 가끔 침대에 누워 있던 그 얼굴의 검은 눈동자를 생각한다. 내 기억에는 그 눈동자가 절망의 눈빛으로 뭔가

를 간청하며 나를 뚫어져라 쳐다보고 있었다. 그때 이후로 내게
도 임종을 앞둔 사람들의 곁을 지킨 순간들이 있었고―나이가 들
면 자연스러운 일이다―나는 육신의 최후의 빛이 꺼져갈 때 눈
동자가 불붙듯 타오른다는 것을 알게 되었다. 어떤 의미에서는
그 남자가 그날 내게 도움을 주었다. 그의 눈동자가 말했다. 나
는 시선을 돌리지 않을 거야. 나는 그가, 죽음이, 엄마가 나를 떠
나는 것이 두려웠다. 하지만 그는 절대 시선을 돌리지 않았다.

내가 수술을 더 받는 일은 없었다. 이번에도 의사는 나를 놀라게 해서 미안하다고 말했고, 나는 그저 고개를 가로저어 그가 의사로서 나를 사랑한 것이며 나를 살리려고 그런 것임을 잘 알고 있다는 표시를 했다. 금요일마다 그는 엄마와 내가 같이 들은 그말을 했다. "그럼 즐거운 주말 보내세요." 그래놓고는 토요일과 일요일에 번번이 나타나 다른 환자를 확인할 일이 있었다며 겸사겸사 나도 어떤지 보려고 들렀다고 말했다. 그가 오지 않은 날은 아버지의 날*뿐이었다. 나는 그의 아이들이 정말로 부러웠다! 아버지의 날! 물론 내가 그의 아이들을 만나본 적은 없었다. 나

---

* 보통 6월 세번째 일요일.

는 그의 아들도 의사가 되었다는 이야기를 들었고, 나중에—몇
년 뒤에 내가 병원으로 그를 다시 찾아갔다가 대화 도중 내 딸에
게 친구가 많지 않다고 걱정했을 때—그는 내게 자신의 딸을 언
급하며 선의의 충고를 해주었다. 그는 이제 다른 자식들보다 그
딸에게 친구가 더 많다고 했는데, 내가 걱정했던 내 딸도 결국
그의 말처럼 되었다. 내 결혼생활에 문제가 생겼을 때—그에게
짤막하게 언급했다—그 친절한 의사는 그 이야기를 듣고 깜짝
놀랐다. 그가 그랬던 게, 그리고 그 문제에 대해서는 어떤 조언
도 해주지 않았던 게 기억난다. 지금은 옛일이 되었지만 그 봄과
여름의 구 주 동안—구 주에서 아버지의 날 하루는 빼야 한다—
그 남자, 그 사랑스러운 의사, 한 가정의 아버지이자 남자인 그
는 날마다, 가끔은 하루에 두 번씩 나를 보러 왔다. 내가 퇴원할
때 받은 병원 청구서에는 다섯 번의 회진이 포함되어 있었다. 나
는 그 사실도 기록하고 싶다.

나는 엄마가 걱정되었다. 엄마는 내게 집에 잘 도착했다는 전화를 하지 않았고, 내 침대 옆 전화기로는 지역 내 통화만 가능했다. 컬렉트 콜도 가능했지만, 그건 내가 어린 시절을 보낸 집에서 누가 전화를 받았건 요금을 지불하겠느냐는 질문을 받는다는 것을 의미했다. 그러니까 이런 식이었다. 통화는 이런 식으로 진행된다. 교환원이 말한다. "루시 바턴 씨가 통화를 하고 싶어하는데요, 요금을 지불하시겠습니까?" 내가 이 방법을 써서 전화를 걸었던 적이 딱 한 번 있었는데, 둘째를 임신하고 지금은 기억나지 않는 문제로 윌리엄과 말다툼을 한 뒤였다. 나는 엄마가, 아빠가 보고 싶었고, 문득 내가 어렸을 때 옥수수밭에 서 있던 적막한 나무도 보고 싶었다. 이 모든 것이 사무치게 그리워

어린 크리시를 태운 유모차를 밀며 워싱턴 스퀘어 파크 옆 공중
전화 부스로 가서 부모님 집에 전화를 걸었던 것이다. 엄마가 전
화를 받았고, 교환원이 루시 바턴이 통화를 원하는데 요금을 지
불하겠느냐고 물었다. 엄마는 대답했다. "아니요. 이제는 그애한
테도 요금을 지불할 만한 돈이 있을 테니 직접 내라고 전해주세
요." 나는 교환원이 그 말을 그대로 전해주기 전에 전화를 끊었
다. 그래서 그날 밤 병원에서 부모님 집으로 엄마가 잘 도착했는
지 확인하는 전화를 하지 않은 것이다. 하지만 내 부탁으로 윌리
엄이 빌리지에 있는 우리 아파트에서 부모님 집에 전화를 걸었
다. 남편은 그렇다고, 어머니가 무사히 도착했다고 알려주었다.

"다른 말씀은 없었어?" 내가 물었다. 슬픔이 북받쳤다. 정말
로, 슬픈 아이처럼 그렇게 슬펐다. 아이들은 슬퍼지면 한없이 슬
퍼진다.

"오, 버튼." 남편이 말했다. "버튼. 없었어."

그다음주에 내 친구 몰라가 병실로 찾아왔다. 몰라는 내 침대 머리 바로 옆에 앉았는데, 너무 가깝게 느껴졌다. 어머니가 오셨었다니 좋았겠어요, 하고 그녀가 말했고, 나는 네, 하고 대답했다. 그녀는 자기는 엄마를 지독히 미워한다며, 전에는 말하지 않았던 것처럼 얼마나 미운지를 낱낱이 늘어놓았다. 자기가 아기를 낳았을 때 정신과 의사를 찾아갔어야 했다는 말도 했는데, 엄마가 자신한테 해준 게 아무것도 없었다는 것이 새록새록 생각나면서 슬퍼졌기 때문이라고 했다. 그날 몰라는 그 모든 이야기를 내게 했는데, 지금 그때 일을 기록하다보니 애리조나에서 있었던 그 작문 강의에서 세라 페인이 했던 말이 떠오른다. "자기가 하게 되는 이야기는 오직 하나일 거예요." 그녀가 말했었다.

"하나의 이야기를 여러 방식으로 쓰게 될 거예요. 이야기는 걱정할 게 없어요. 그건 오로지 하나니까요."

나는 미소를 띤 채 몰라의 이야기를 들었고, 그녀를 보게 된 것이 무척 기뻤다. 나는 마침내 내 아이들에 대해, 내가 옆에 없어서 많이 힘들어하지는 않는지 물었다. 그녀는 크리시는 좀더 잘 이해하는 것 같다고, 크리시가 언니니까 그게 당연한 것 같다고 말했다. 크리시는 건물 앞 계단에서 몰라와 긴 대화를 나누었고, 몰라에게 엄마는 아프지만 곧 회복될 거라고 말했다. "내가 회복되고 있다고 몰라가 말해준 거죠?" 내가 일어나 앉으려 하면서 말했다. 몰라가 그렇다고 대답했다. 나는 이런 점 때문에 몰라가 참 좋았다. 내 사랑스러운 딸 크리시에게 마음을 써주니까. 나는 제러미는 어떻게 지내는지 그의 안부도 물었다.

그러자 몰라는 그를 보지 못했다고, 아마 집을 비우고 어디 간 모양이라고 말했다. 나는 내 남편도 그렇게 말하더라고 말했다.

몰라는 공원에서 만난 다른 엄마들에 대해서도 말해주었는데, 한 엄마는 교외로 이사할 예정이고 또 한 엄마는 시내로 이사할 예정이라고 했다.

몰라가 떠났을 때 나는 몹시 지쳐 있었다. 하지만 나는 그녀를 봐서 좋았다. 그녀에게 와줘서 고맙다고 말했다. 그녀는 당연히 와야죠, 하고 말하고는 허리를 숙여 내 머리에 키스했다.

남편이 나를 보러 왔다. 주말의 어느 날이었을 텐데, 그냥 그 랬을 거라고 짐작만 할 뿐이다. 그는 아주 피곤해 보였고, 말을 많이 하지 않았다. 그는 그 큰 덩치로 내 좁은 침대 위로 올라와 내 옆에 눕더니 손가락으로 자신의 금발머리를 쓸어내렸다. 그 가 침대 위쪽에 매달린 텔레비전을 켰다. 그는 내가 텔레비전을 볼 수 있도록 돈을 지불하고 있었지만, 내가 자랄 때 우리집에는 텔레비전이 없었기 때문에 나는 텔레비전이라는 것에 대해 제대 로 이해한 적이 없었다. 더욱이 나는 병원에서 텔레비전을 좀처 럼 켜지 않았는데, 낮에 텔레비전을 보는 건 아픈 사람들과 연관 이 있는 것 같았기 때문이다. 운동 삼아 복도를 걸어다니라는 충 고에 따라 수액이 매달린 내 소박한 링거대를 밀며 복도를 지나갈 때마다 대부분의 환자들이 텔레비전만 빤히 쳐다보고 있는 모습이 눈에 띄었고, 그걸 보면 나는 무척 슬퍼졌다. 그런데 남편이 텔레비전을 켜고 침대 위에 올라와 내 옆에 누운 것이다. 나는 대화를 나누고 싶었지만, 그는 지쳐 있었다. 우리는 그렇게 가만히 누워 있었다.

의사는 남편을 보자 놀라는 것 같았다. 어쩌면 의사는 전혀 놀라지 않았는데, 나 혼자 그가 그런 것 같다고 생각한 걸지도 모른다. 그는 우리가 이렇게 같이 있는 게 참 좋아 보인다는 그 비슷한 말을 했고, 이유는 몰랐지만 나는 그 말이 내 머릿속에서 텅 소리를 내며 튕겨나가는 느낌이 들었던 게 기억난다. 어느 누구도 시간이 더 지나기 전까지는 그 이유를 알지 못한다.

남편이 그날 말고도 나를 보러 왔었다는 건 나도 안다. 하지만 내가 기억하는 건 그날이라 내가 쓰는 것도 그날에 대해서다. 이건 내 결혼에 대한 이야기가 아니다. 그 이야기는 할 수가 없다. 우리를 지나쳤던 숱한 늪지와 풀밭과 신선한 공기와 눅눅한 공기. 나는 그런 순간들을 쥐고 있을 수도 없지만 다른 사람들 보라고 펼쳐 보일 수도 없다. 하지만 이 말은 할 수 있다. 엄마가 옳았다. 내 결혼에 문제가 생겼다. 내 딸들이 각각 열아홉, 스무 살이 되었을 때 나는 아이들의 아버지를 떠났고, 우리는 둘 다 재혼했다. 우리가 결혼해서 같이 살 때보다 내가 그를 더 사랑한다고 느끼는 날도 있지만, 그건 생각만이니 쉬운 것이다—우리는 서로 자유롭지만, 그럼에도 그렇지 않고, 앞으로도 결코 그렇지 않을 것이다. 가끔은 이런 이미지가 선명히 떠오르는 날도 있다. 그는 자신의 서재 책상 앞에 앉아 있고 딸들은 저희 방에서 놀고 있는데 내가 우리는 가족이었어! 하고 외치다시피 말하는 장면. 나는 지금 휴대전화를 생각한다. 그 덕에 우리의 연락 속도가 얼마나 빨라졌는지를. 딸들이 어렸을 때 내가 윌리엄에게 손목에 차고 다닐 수 있는 전화기 같은 게 있으면 좋겠다고, 그러면 이야기도 나눌 수 있고 서로가 어디 있는지도 늘 확인할 수 있을 거라고, 그 비슷한 말을 했던 것이 기억난다.

그가 나를 보러 병원에 온 그날, 우리는 거의 대화를 나누지 않았다. 아마 그의 아버지가 스위스 은행 계좌에 그의 앞으로 적지 않은 돈을 남겨둔 사실을 알게 된 즈음이었을 것이다. 그의 할아버지가 전쟁 때 돈을 많이 벌어 스위스 은행에 적지 않은 돈을 맡겨두었는데, 윌리엄이 서른다섯 살이 되었을 때 그 돈이 갑자기 그의 것이 된 것이다. 나는 그 사실을 나중에, 집에 돌아간 뒤에 알았다. 윌리엄은 그 돈이 어떤 돈이고 어떤 의미인지 생각하며 기분이 묘해졌을 것이고, 그는 자기 감정을 쉽게 말하는 사람이 결코 아니니 나와 함께 침대에 그냥 누워 있었을 것이다. 나—우리가 지난 세월 동안 농담으로, 어쩌면 나 혼자만 농담으로 말했던 것처럼—'땡전 한푼 없이 자란' 나와 함께.

내가 남편의 어머니를 처음 만났을 때 그녀는 내게 아주 놀라운 존재였다. 집도 어마어마하게 컸고 잘 꾸며져 있었다. 하지만 세월이 흐르면서 나는 그렇지는 않다는 것을, 그 집은 그저 괜찮은 집, 괜찮은 중산층의 집일 뿐이라는 사실을 알게 되었다. 그녀가 예전에 메인 주에서는 농부의 아내였기 때문에, 그리고 나는 메인 주의 농장이 내가 아는 중서부 지역의 농장보다 규모가 더 작다고 생각했기 때문에 그녀의 모습을 여느 일꾼의 아내 같을 거라고 상상했었다. 하지만 그녀는 그렇지 않았다. 인상이 좋고 실제 나이—쉰다섯—보다 더 들어 보이지 않는, 그리고 자신의 예쁜 집을 여유롭게 돌아다니는, 토목기사와 결혼생활을 한 여자였다. 내가 그녀를 처음 만났을 때 그녀가 말했다. "루시, 같이 쇼핑하러 가서 옷을 좀 사야겠어." 나는 그 말이 기분 나쁘게 들리지 않았고, 그 어떤 감정도 들지 않았다. 그저 약간 놀랐을 뿐이었다—그때까지 내게 그런 말을 해준 사람은 아무도 없었다. 나는 그녀와 함께 쇼핑을 하러 갔고, 그녀는 내게 옷을 사주었다.

우리의 소박한 결혼 피로연에서 그녀가 자신의 친구에게 말했다. "이쪽이 루시." 그녀가 거의 농담처럼 덧붙였다. "루시는 출신이랄 게 없어." 나는 그때도 기분이 나쁘지 않았지만, 정말로 지금도 그런 기분은 들지 않는다. 하지만 나는 생각한다. 이 세상 어느 누구도 출신이 없지는 않다고.

이런 일이 있었다. 퇴원한 뒤로 나는 같은 꿈을 반복해서 꾸었다. 나와 내 아기들이 나치에 의해 죽임을 당하는 꿈이었다. 한참의 시간이 지난 지금도 여전히 그 꿈이 기억난다. 탈의실처럼 보이는 곳에서 내가 어린 두 딸을 데리고 있었다. 둘 다 아주 어린 아기였다. 꿈속에서 내가 이해하기로—이 탈의실에는 다른 사람들도 있었으니, 우리 모두가 이해하기로—우리는 나치에 의해 이곳에 끌려왔고 죽임을 당할 예정이었다. 처음에는 이 방을 가스실로 알았지만, 나치 당원들이 우리를 데려갈 다른 방이 가스실임을 우리는 알게 되었다. 내가 아기들에게 노래를 불러주면서 그애들을 꼭 끌어안자 아기들은 무서워하지 않았다. 나는 아기들을 구석으로 데려가 다른 사람들과 멀찍이 떼어두었다. 상황은 이러했다. 나는 내 죽음은 받아들였지만 내 아이들이 무서워하는 건 바라지 않았다. 나는 극심한 공포에 떨었다. 나치가 내게서 아이들을 빼앗아갈까봐, 그리고 내 아이들이 꼭 작은 아리아인 아이들처럼 보인다는 이유로 독일인에게 입양될까봐. 나는 내 아이들이 학대받을 거라는 생각을 견딜 수 없었다. 꿈속에서 아이들이 학대받게 될 것임을 감지—기정사실로 알고 있었다—했기 때문이다. 그것은 가장 끔찍한 꿈이었다. 꿈은 더는 진행되지 않았다. 내가 이 꿈을 꾼 게 얼마 동안이었는지는 잘 모르겠다. 하지만 나는 뉴욕에서 풍족하게 지낼 때도, 내 아이들이 건강하게 커갈 때도 이 꿈을 꾸었다. 남편에게는 이런 꿈을 꾸었다는 말을 절대 하지 않았다.

엄마에게 편지를 썼다. 엄마를 사랑한다고, 병원에 나를 보러 와줘서 고맙다고. 엄마가 와준 걸 절대 잊지 못할 거라고도 했다. 엄마는 한밤의 크라이슬러 빌딩 사진이 담긴 카드에 답장을 써서 보냈다. 엄마가 일리노이 주 앰개시 어디에서 그 카드를 구했는지는 알 길이 없지만, 엄마는 그 카드에 나도 절대 잊지 못할 거야, 라고 썼다. 엄마는 M이라고 서명했다. 나는 그 카드를 침대 옆 탁자의 전화기 근처에 놓고 종종 바라보았다. 카드를 집어 가만히 쥐고서 더는 내게 친숙하지 않은 엄마의 손글씨를 쳐다보곤 했다. 나는 엄마가 보낸 한밤의 크라이슬러 빌딩 사진이 담긴 그 카드를 아직 가지고 있다.

마침내 퇴원할 수 있게 되었는데, 구두가 발에 맞지 않았다.

나는 살이 빠진다는 게 몸의 모든 부위에서 살이 빠진다는 의미일 거라고는 전혀 예상하지 못했었는데, 살은 정말로 그렇게—당연하게도—빠져서, 구두가 내 발에 너무 커져버린 것이었다. 나는 병원에서 소지품을 담으라고 준 비닐봉지의 맨 밑에 그 카드를 챙겨넣었다. 남편과 택시를 타고 집으로 돌아갈 때, 병원 밖의 세상이 너무 밝은 것 같아—무서울 정도로 밝아—겁을 집어먹었던 것이 기억난다. 집으로 돌아간 첫날, 아이들은 내 옆에서 자고 싶다고 했고, 윌리엄은 안 된다고 했지만 두 딸 모두 내 옆에 누워 잤다. 오, 나는 아이들을 보며 행복했다. 아이들은 부쩍 자라 있었다. 베카는 머리를 정말 흉측하게 깎았는데, 머리칼에 껌이 붙었었다고 했다. 머리를 깎아준 사람은 우리 가족의 친구로 자기 자식이 없는, 아이들을 병원에 데려와준 그 친구였다.

제러미.

나는 제러미가 게이였다는 사실을 몰랐었다. 그가 아팠던 것도 몰랐었다. 그렇게 안 보였어, 남편이 말했다. 제러미는 그런 많은 사람들과는 달리 전혀 아파 보이지 않았어. 이제 그는 가고 없다—그는 죽었다. 내가 입원해 있던 동안에 죽었다. 나는 끊임없이 울음이 나왔다. 흐느껴 우는 조용한 울음이었다. 내가 건물 앞 계단에 앉아 있으면 베카가 내 머리를 쓰다듬어주었고, 이따금 크리시는 내 옆에 앉아 내 어깨를 제 작은 팔로 감싸안아주었다. 그러고는 다시 계단을 폴짝폴짝 오르내렸다. 몰라가 들려서 말했다. 어쩌나, 제러미 얘길 들었군요. 그녀는 그것이 남자들에게 일어나는 아주 나쁘고 끔찍한 일이라고 말했다. 그리고 여자들에게도요, 하고 덧붙였다. 그녀는 내가 우는 동안 내 옆에 앉아 있었다.

나는 병원에서 본 그 남자에 대해 자주―정말로 자주―생각한다. 엄마가 집으로 돌아간 그날, 내가 누운 침대가 그 남자의 병실 밖 복도에 세워져 있던 그날, 문에 노란 스티커가 붙은 병실에 누워 있던 그 남자. 그가 애원하듯, 절망의 눈빛으로, 갈망하는 검은 눈동자로 나를 쳐다보던 것을. 내 시선을 돌리지 못하게 하면서. 그 남자가 제러미였을 수도 있었다. 나는 여러 번 생각했다. 찾아볼 거라고. 공식 기록 어딘가에 틀림없이 남아 있을 거라고, 그가 죽은 날짜와 죽은 장소가. 하지만 정말로 찾아본 적은 없었다.

내가 집에 돌아왔을 때 계절은 여름이었고, 나는 민소매 드레스를 입었다. 내가 그렇게 비쩍 말랐을 줄은 몰랐다. 아이들 먹일 것을 사려고 길을 걸어가는데 사람들이 무섭다는 표정으로 나를 쳐다보았다. 사람들이 그런 표정으로 나를 쳐다본다는 사실에 나는 몹시 화가 났다. 스쿨버스에서 내가 자기들 옆에 앉을지 모른다고 생각한 아이들이 나를 쳐다볼 때의 표정과 다르지 않았다.

수척하고 뼈가 앙상하게 드러난 남자들이 끊이지 않고 내 옆을 지나갔다.

내가 어릴 때 우리 가족은 회중교회에 다녔다. 다른 곳에서와 마찬가지로 거기서도 우리는 따돌림을 받았다. 주일학교 교사들마저 우리를 무시했다. 한번은 내가 수업 시간에 늦게 들어갔더니 앉을 의자가 없었다. 주일학교 교사가 말했다. "바닥에 앉아, 루시." 추수감사절에는 교회 활동실로 가서 그들이 마련한 저녁을 먹었다. 그날만큼은 사람들도 우리에게 좀더 친절했다. 병원에서 엄마가 말한 그 메릴린이 가끔 자기 엄마와 활동실에 있다가 우리에게 깍지콩과 그레이비소스를 차려주고, 비닐로 포장된 작은 버터를 롤빵과 함께 탁자에 내려놓았다. 심지어 다른 사람들도 우리와 같은 식탁에 앉았던 것 같지만, 그런 추수감사절 음식을 먹으면서도 우리가 멸시를 받았는지까지는 기억나지 않는다. 여러 해 동안 추수감사절이 돌아오면 나는 윌리엄과 함께 뉴욕에 있는 노숙자 시설로 가서 우리가 가져간 음식을 대접했다. 받은 것을 갚는다는 생각은 없었다. 가져간 것이 칠면조 고기이건 햄이건, 그곳에만—아주 큰 시설이 아니더라도—가면 그 양이 매우 적게 느껴졌다. 뉴욕에서 우리가 가져간 음식을 먹은 사람들은 회중교회 신자들이 아니었다. 종종 유색인도 있었고, 정신질환을 앓는 사람들도 가끔 있었다. 어느 해에 윌리엄이 말했다. "더는 못하겠어." 내가 그만해도 괜찮다고 말했고, 나도 그만두었다.

하지만 추위에 떠는 사람들! 그건 참을 수 없다! 나는 신문에서 브롱크스 지역에 사는 노부부가 난방비를 내지 못해 오븐을 켜고 부엌에 앉아 있었다는 기사를 읽었다. 나는 매년 사람들이 추위에 떨지 않게 돈을 기부한다. 윌리엄도 기부한다. 사람들이 따뜻이 지낼 수 있도록 내가 돈을 기부한다고 지금 이렇게 기록은 하지만 나는 이런 사실이 불편하다. 엄마라면 이렇게 말할 것이다. 그런 바보 같은 자랑질일랑 그만둬, 루시 똥강아지 바턴……

그 친절한 의사는 내 원래 몸무게를 회복하려면 시간이 오래 걸릴 수도 있다고 말했다. 그의 말이 옳았다는 건 기억나지만, 그 오래가 얼마나 오래였는지는 기억나지 않는다. 나는 검진을 받으러 처음에는 이 주에 한 번씩, 그뒤에는 한 달에 한 번씩 그를 찾아갔다. 나는 멋있어 보이려고 애썼다. 그의 눈에 비칠 내 모습을 보려고 거울 앞에서 이 옷 저 옷 바꿔 입어보던 것이 기억난다. 그의 진료과에는 대기실에도, 검사실에도, 진료실에도 사람들이 있어, 여러 종류의 인간 자재가 지나가는 컨베이어벨트 같았다. 나는 그가 얼마나 많은 사람들의 뒷모습을 봤을지, 그 모습은 얼마나 다 달라 보였을지를 생각했다. 나는 그와 함께 있으면 늘 안전한 느낌을 받았고, 그가 내 몸무게는 물론이고 내

건강을 전반적으로 꼼꼼히 챙겨준다고 느꼈다. 어느 날 내가 그의 진료실로 들어가려고 기다리고 있을 때였다. 그때 나는 푸른색 드레스에 검은색 타이츠를 신은 채 진료실 바깥 벽에 기대 있었다. 그는 아주 나이든 여자에게 뭔가 말하고 있었는데, 그녀도 무척 신경쓴 옷차림이었다—우리의 의사를 만날 때 청결한 몸을 하고 신경써서 옷을 입는 것, 이것이 우리의 공통점이었다. 그녀가 말했다. "속이 자꾸 부글거려요. 정말 창피해요. 어쩌면 좋을까요?"

그가 안타까운 듯 고개를 가로저었다. "거참 만만치 않은 문제네요." 그가 말했다.

여러 해 동안 내 딸들은 자신들에게 곤란한 일이 생기면 "거참 만만치 않은 문제야"라고 말하곤 했다—아이들은 내가 그 이야기를 하는 걸 아주 여러 번 들었던 것이다.

그 의사를 마지막으로 본 게 언제였는지는 나도 모른다. 퇴원 후 몇 년 동안 몇 번 그를 찾아갔고, 그러던 어느 날 예약을 하려고 전화를 했을 때 나는 그가 은퇴했으므로 지금은 다른 동료 의사에게 진료를 받아야 한다는 이야기를 들었다. 그가 내게 어떤 존재였는지 알리는 편지를 써서 그에게 보낼 수도 있었지만, 내 삶에 일어난 다른 문제들 때문에 거기 쏟을 정신이 없었다. 나는 그에게 편지를 쓰지 않았다. 그를 다시 만나지도 못했다. 그는 그렇게 가버렸다. 사랑스럽고 사랑스러운 그 남자, 아주 오래전 병원에서 내 영혼의 친구였던 그 남자는 사라졌다. 이 또한 뉴욕의 이야기이다.

내가 세라 페인의 수업을 들을 당시, 다른 수업을 듣는 수강생 한 명이 그녀를 찾아왔다. 수업이 끝났을 때였는데, 사람들은 이따금 세라와 더 이야기를 하려고 남아 있기도 했다. 그런데 다른 수업을 듣는 그 수강생이 우리 강의실에 와서 이렇게 말한 것이다. "선생님 작품을 정말로 좋아해요." 그러자 세라가 고맙다고 말한 뒤 탁자 앞에 앉아 짐을 챙기기 시작했다. "뉴햄프셔에 관한 글을 좋아해요." 그 수강생이 말하자 세라는 순간적으로 미소를 지으며 고개를 끄덕였다. 그 수강생은 세라를 따라갈 것처럼 문 쪽으로 이동하며 말했다. "예전에 알던 사람이 뉴햄프셔 출신이었어요."

세라가 생각에 잠기는 것처럼 보였다. "혹시." 그녀가 말했다.

"네, 재니 템플턴. 재니 템플턴을 만나보지는 못하셨죠?"

"못 만나봤어요."

"재니의 아버지는 조종사였어요. 항공사에 근무했어요. 옛날이었으니까 팬앰*이나 뭐 그런 데였을 거예요." 이렇게 말하는 수강생은 젊어 보이지는 않았다. "아버지가 신경쇠약이었어요, 재니의 아버지요. 그가 집에서 수음을 하면서 돌아다니기 시작했어요. 나중에 다른 사람한테 들은 건데, 재니가 그 장면을 목격했다더군요. 재니는 그때 아마 고등학생이었을 텐데, 모르겠네요. 아무튼 재니 아버지가 강박적으로 수음을 하면서 돌아다니기 시작했어요."

나는 애리조나의 뜨거운 열기 속에서 얼어붙는 한기를 느꼈다. 온몸에 소름이 돋았다.

세라 페인이 일어섰다. "그 사람이 비행기를 많이 몰지 않았어야 할 텐데. 그럼, 이만." 그러고는 나를 쳐다보며 고개를 까딱했다. "내일 봐요." 그녀가 말했다.

나는 우리집에서 일어난 것 같은 그것—나 혼자 그렇게 이름 붙였던—이 다른 데서도 일어났다는 이야기를 그전에도, 그후에도 들어본 적이 없다.

---

* 팬아메리칸 항공. 이 항공사는 1991년에 도산했다.

세라 페인이 신의 마음처럼 활짝 열린 마음으로 빈 종이와 마주하는 것에 대해 말한 건 아마 그다음날이었을 것이다.

나중에, 내 첫 책이 출판된 뒤에 나는 어느 의사를 찾아갔는데, 그녀는 내가 만나본 의사 중에서 가장 자애로운 사람이었다. 나는 종이에 그때 그 수강생이 뉴햄프셔 출신의 재니 탬플턴이라는 사람에 대해 말했던 것을 썼다. 그리고 내가 어렸을 때 우리집에서 일어났던 일을 썼다. 내 결혼생활에서 알게 된 것을 썼다. 내가 말로는 할 수 없었던 것을 썼다. 그녀는 그걸 전부 읽은 뒤 말했다. 고마워요, 루시. 괜찮을 거예요.

엄마가 병원으로 나를 찾아온 뒤로 나는 꼭 한 번 엄마를 봤다. 거의 구 년이 흐른 뒤였다. 나는 왜 엄마를 만나러 가지 않았는가? 아빠를 만나러, 오빠와 언니를 만나러 가지 않았는가? 한 번도 만나본 적 없는 조카들을 만나러 가지 않았는가? 내 생각에―간단히 말해서―가지 않는 것이 더 쉬웠기 때문이다. 남편도 같이 가려고 하지 않았고, 나는 그를 비난하지 않았다. 그리고―이렇게 말하면 변명처럼 들리겠지만―내 부모님과 언니 오빠도 내게 편지를 보내거나 전화하지 않았고, 내가 전화를 해도 대화를 나누는 것은 늘 어려웠다. 그들이 너는 우리와 같지 않아, 하고 소리 없이 말하는 것처럼, 내가 그들을 두고 떠난 것이 그들을 배신한 일인 것처럼 그들의 목소리에는 늘 분노가, 습관

적인 원망이 묻어 있었다. 내가 배신한 게 사실이라는 생각도 든다. 내 아이들이 자라고 있었고, 아이들은 항상 뭔가를 필요로 했다. 하루에 두세 시간 글을 쓰는 것은 내게 무척 중요한 일이었다. 게다가 내 첫 책이 출판을 앞두고 있었다.

  하지만 엄마가 몸져누웠다. 이번에는 내가 시카고에 있는 병원에 가서 엄마의 침대 발치에 앉게 되었다. 나는 엄마가 내게 준 것을 엄마에게 돌려주고 싶었다. 내 곁을 지킨 그 며칠 동안 잠도 자지 않고 주의깊게 돌봐준 엄마의 그 한결같음을 돌려주고 싶었다.

  병원 엘리베이터에서 내리는데 아빠가 나를 반겨주었다. 내가 도와주러 온 것에 대한 감사의 마음을 이 낯선 사람의 눈빛에서 읽지 못했다면 나는 아빠를 알아보지도 못했을 것이다. 아빠는 내가 예상했던 것보다 훨씬 늙어 보였고, 내가 느꼈던—어쩌면 아빠가 느꼈던—분노는 그게 어떤 것이었건 간에 더는 우리와 연관되어 있지 않은 것 같았다. 내가 살아온 대부분의 시간 동안 아빠에게 느꼈던 역겨움도 이제는 남아 있지 않았다. 병원에 있는 아빠는 죽어가는 아내를 둔 늙은 남자일 뿐이었다. "아빠." 내가 아빠를 유심히 바라보며 말했다. 아빠는 칼라가 쭈글쭈글

해진 셔츠와 청바지를 입고 있었다. 처음에 아빠는 쑥스러워하느라 나를 끌어안지도 못해서 내가 아빠를 끌어안았다. 그리고 내 머리 뒤쪽에 닿는 아빠의 따뜻한 손을 상상했다. 하지만 그날 병원에서 아빠가 내 머리 뒤쪽을 잡는 일은 없었고, 내 안—깊고 깊은—의 뭔가는 갔어, 하고 속삭이는 소리를 들었다.

엄마는 고통스러워했다. 죽음을 앞두고 있었다. 이건 내가 믿을 수 있을 것 같은 일이 아니었다. 그 무렵 내 아이들은 십대였고, 나는 특히 크리시에 대해, 그애가 대마초를 너무 많이 피우는 건 아닌지 걱정하고 있었다. 그래서 나는 아이들과 자주 통화를 했는데, 둘째 날 저녁에 엄마가 근처에 앉아 있던 내게 조용히 말했다. "루시, 부탁 좀 할게."

나는 일어서서 엄마에게 다가갔다. "네," 내가 말했다. "말씀하세요."

"그만 가주면 좋겠구나." 엄마는 조용히 말했는데, 목소리에 화난 기색은 없었다. 나는 엄마의 목소리에서 단호함을 느꼈다. 하지만 나는 진심으로 더럭 겁이 났다.

나는 이렇게 말하고 싶었다. 지금 떠나면 다시는 엄마를 볼 수 없을 거예요. 우리가 같이 지내면서 힘들기는 했지만 나보고 가라고 하지 말아요. 엄마를 다시 볼 수 없다니 견딜 수 없을 것 같아요!

대신 나는 이렇게 말했다. "알았어요, 엄마. 그렇게 할게요. 내일 가면 돼요?"

엄마가 나를 쳐다보았는데 그 눈에 눈물이 가득 고였다. 엄마의 입술이 씰룩거렸다. 그러더니 엄마가 조그맣게 말했다. "지금 가줄래, 얘야, 제발."

"오, 엄마……"

엄마가 조그맣게 말했다. "위즐, 제발."

"엄마가 보고 싶을 거예요." 그렇게 말하는데 울음이 터지려 했다. 나는 엄마도 견디기 힘들 거라는 걸 알고 있었다. 그때 엄마가 말하는 소리가 들렸다. "그래, 그렇겠지."

나는 허리를 굽히고 엄마의 머리에 키스했는데, 엄마는 병이 든 뒤로 침대에만 누워 있어 머리카락이 엉켜 있었다. 나는 돌아서서 내 물건을 챙겼고, 뒤를 돌아보지 않았다. 하지만 밖으로 나가려니 걸음이 떨어지지 않았다. 나는 돌아보지 않은 채 주춤주춤 발걸음을 옮겼다. "엄마, 사랑해요!" 내가 소리쳤다. 나는 복도를 바라보고 있었지만 엄마 침대 가까이에 서 있었기 때문에, 분명 엄마는 내 말을 들었을 것이다. 나는 기다렸다. 대답도, 어떤 소리도 없었다. 나는 엄마가 내 말을 들었을 거라고 혼잣말을 한다. 나는 여러 번 이렇게 혼잣말을 한다—그렇게 해왔다.

나는 곧바로 간호사실로 가 간곡히 말했다. 엄마가 고통스럽지 않게 해주세요. 그러자 그들은 엄마가 고통받지 않게 해주겠다고 말했다. 나는 그 말을 믿지는 않았다. 내가 맹장수술을 받느라 처음 입원했을 때 그 병실에는 죽음을 앞둔 여자가 있었고, 그녀는 고통에 시달리고 있었다. 부탁할게요. 나는 여기 간호사들에게 간곡히 말했지만, 그들의 눈동자에는 더는 아무것도 할 수 없는 사람들의 극심한 피로가 어려 있었다.

아빠는 대기실에 있었다. 아빠가 내 눈물을 보더니 빠르게 고개를 가로저었다. 나는 아빠 옆에 앉아 엄마가 했던 말을 조그맣게 속삭였다. 엄마가 나더러 떠나달라고 했다고. "장례식은 언제가 될까요?" 내가 물었다. "오, 제발 말해주세요. 언제가 될지 말해주세요, 아빠. 곧바로 돌아올게요."

아빠는 장례식은 없을 거라고 말했다.

나는 이해했다. 이해한 기분이었다. "그래도 올 사람들이 있을 텐데요." 내가 말했다. "엄마한테 바느질 일을 맡긴 사람들도 있었고, 올 사람들이 있을 거예요."

아빠는 고개를 젓기만 했다. 장례식은 없을 거라고, 아빠가 말했다.

정말로 엄마의 장례식은 없었다.

이듬해 아빠가 폐렴으로 돌아가셨을 때도 장례식은 없었다. 오빠가 아빠를 병원에 모셔가려고 했지만 아빠는 못하게 했다.

나는 아빠가 돌아가시기 며칠 전에야 비행기를 타고 집으로 돌아가 아빠를 보았고, 긴 세월 가보지 않은 그 집에 머물렀다. 나는 그 집이, 그 집의 냄새가, 그 집의 작은 크기가 무서웠고, 아빠는 몹시 아프고 엄마는 없다는 사실이 무서웠다. 가버린 것이다! "아빠," 내가 침대 위 아빠 옆에 앉아 말했다. "아빠, 오, 아빠, 미안해요." 나는 그 말을 하고 또 했다. "아빠, 아빠, 정말 미안해요. 미안해요, 아빠." 그러자 아빠가 내 손을 꼭 쥐었는데, 아빠의 눈에는 눈물이 그렁그렁했고 피부는 아주 얇았다. 아빠가 말했다. "루시, 너는 늘 착한 아이였어. 늘 참으로 착했지." 아빠가 내게 이 말을 했던 건 확실하다. 이건 확실하지 않지만, 그때 언니는 방에 없었을 것이다. 아빠는 그날 밤에 돌아가셨다. 새벽 세시였으니 다음날 아주 이른 아침 시간이었다고 말하는 편이 더 맞겠다. 아빠 옆에는 나 혼자였고, 그 갑작스러운 침묵의 소리가 들린 순간 나는 일어서서 아빠를 쳐다보며 말했다. "아빠, 그만해요! 그만해요, 아빠!"

내가 아빠를―그 전해에는 엄마를―마지막으로 본 뒤 뉴욕으로 돌아왔을 때 세상이 달라 보이기 시작했다. 남편은 낯선 사람 같았고, 사춘기에 들어선 아이들은 내 세상의 많은 부분과 무관하게 느껴졌다. 나는 정말로 길을 잃은 기분이었다. 두려운 감정이 걷잡을 수 없이 밀려왔다. 바턴 집안의 식구들, 우리 다섯 명―줄곧 그랬듯 정상적이지 않은―이 하나의 구조물로 내 머리 위에 떠 있고, 심지어 다 끝날 때까지 나는 그것이 거기 있는지도 모르고 있었던 그런 느낌이었다. 나는 아빠가 돌아가셨을 때 오빠와 언니가 어땠는지, 두 사람의 얼굴에 떠올랐던 당혹감이 자꾸 생각났다. 우리 다섯 식구가 정말로 건강하지 않은 가족으로 살아왔다는 생각이 머릿속을 떠나지 않았고, 그러다 어느 순간 나는 우리의 뿌리가 서로의 가슴을 얼마나 끈질기게 칭칭 감고 있는지 알게 되었다. 남편이 말했다. "하지만 당신은 가족들을 좋아하지도 않았잖아." 그뒤로 나는 더더욱 두려워졌다.

　내 책은 좋은 평가를 받았고, 나는 갑자기 돌아다닐 일이 많아졌다. 사람들이 말했다. 얼마나 굉장한 일이에요—자고 일어났더니 유명해진 거잖아요! 나는 전국방송 아침 뉴스에도 나왔다. 내 홍보 담당자가 말했다. 행복한 사람처럼 행동해요. 당신은 출근하려고 옷을 차려입어야 하는 여자들이 되고 싶어하는 그런 사람이니 그 프로그램에 나가면 행복한 사람처럼 행동해요. 나는 그 홍보 담당자가 처음부터 마음에 들었다. 그녀에게는 권위가 있었다. 그 뉴스는 뉴욕에서 촬영했고, 나는 사람들이 내가 그럴 거라고 예상했던 것만큼 겁을 먹지 않았다. 두려움이란 건 참 재미있는 것이다. 나는 옷깃에 마이크를 달고 의자에 앉아 창밖을 내다보았다. 노란 택시가 보였고, 그래서 생각했다. 나는 지금 뉴욕에 있어, 나는 뉴욕을 사랑해, 여긴 내 집이야. 하지만 나는 다른 도시들에도 가야 했는데, 그때는 거의 항상 겁을 먹었다. 호텔방은 외로운 장소다. 오, 제길, 거긴 외로운 장소다.

이메일이 서로에게 글을 써서 보내는 흔한 방식이 되기 직전의 일이었다. 내 책이 출판되었을 때 나는 많은 사람들로부터 그 책이 그들에게 어떤 의미였는지 말해주는 편지를 받았다. 내 젊은 날의 그 예술가도 내 책이 정말 좋았다는 내용의 편지를 보내왔다. 나는 모든 편지에 답장을 했지만 그의 편지에만은 하지 않았다.

크리시가 대학 진학을 위해 집을 떠나고 이듬해에 베카마저 떠나자, 나는 곧 죽을 거라고—말만 그런 게 아니라 진심으로— 생각했다. 정말로 그렇게 생각했다. 그런 일에 나는 아무런 준비가 되어 있지 않았다. 그리고 이 말이 사실임을 깨달았다. 어떤 여자들은 이렇게 심장이 가슴팍에서 뜯겨나가는 것처럼 느끼지만 또 어떤 여자들은 자식들을 떠나보내면서 굉장한 자유를 느낀다는 말. 나를 내 엄마처럼 보이지 않게 만들어주는 그 의사가 내게 딸들이 대학에 갔을 때 나는 뭘 했느냐고 물었고, 나는 이렇게 대답했다. "내 결혼도 끝났어요." 그러고는 재빨리 덧붙였다. "하지만 선생님은 아닐 거예요." 그녀가 말했다. "나도 그렇게 될지 모르죠. 나도 그럴지도요."

내가 윌리엄을 떠났을 때 나는 그가 제안한 돈 혹은 법에서 내 것이라고 말한 돈을 받지 않았다. 솔직히 나는 내가 그 돈을 받을 자격이 없는 것 같았다. 내가 바란 건 오로지 내 딸들이 넉넉히 받는 것이었고, 그 문제는 그 자리에서 바로 딸들이 넉넉히 받는 걸로 합의가 되었다. 내 불편함은 그 돈의 출처에도 있었다. 나치, 그 단어가 자꾸 떠오르는 걸 어쩔 수가 없었다. 게다가 나는 돈을 갖는 것에는 관심이 없었다. 나도 돈을 벌었다—어떤 작가가 돈을 버는가? 하지만 나는 돈을 벌었고, 더 벌고 있었고, 그래서 윌리엄의 돈을 가져야 한다는 생각이 들지 않았다. 내가 "게다가 나는 관심이 없었다"라고 말하는 건 이런 의미에서다. 나는 그렇게 거의 가진 것 없이 자랐기 때문에—내 것이라 부를 수 있는 것은 내 머릿속에 있는 것뿐이었다―많은 것이 필요하지 않았다. 나와 같은 환경에서 자란 또다른 사람은 더 많은 것을 원했을 수도 있지만, 나는 관심이 없었고―단연코 관심이 없었고―게다가 마침 운이 좋아 내가 쓴 글로 돈을 벌고 있었다. 나는 병원에서 엄마가 엘비스나 미시시피 메리에게 돈이 득이 되지 않았다고 했던 말을 떠올린다. 하지만 나는 결혼생활에서, 인생에서 돈이 대단하다는 것은 알고 있다. 돈이 곧 힘이라는 것을 나는 잘 알고 있다. 내가 무슨 말을 하건, 다른 누군가가 무슨 말을 하건, 돈은 곧 힘이다.

이것은 내 결혼에 대한 이야기가 아니다. 내 결혼생활에 대한 이야기는 쓸 수 없다고 이미 말했다. 하지만 이따금 나는 첫 남편이 알고 있는 것에 대해 생각한다. 내가 윌리엄과 결혼한 건 내 나이 스무 살 때였다. 나는 끼니때 그에게 요리를 해주고 싶었다. 그래서 고급 요리의 레시피를 소개하는 잡지를 샀고, 필요한 식재료를 사 모았다. 어느 날 저녁 윌리엄이 부엌을 지나가다가 레인지 위의 프라이팬에 들어 있는 것을 보고는 밖으로 나가다 말고 다시 들어왔다. "버튼," 그가 물었다. "이게 뭐야?" 나는 마늘이라고 대답했다. 나는 레시피에 따르면 마늘쪽을 올리브오일에 볶아야 한다고 말했다. 그는 이것은 마늘 구근이라고 다정하게 설명한 뒤, 껍질을 벗기고 한 알씩 떼어낸 마늘쪽을 써야 한다고 말했다. 껍질도 벗기지 않은 마늘 구근이 올리브오일을 두른 프라이팬 한복판에 놓여 있던 장면이 여전히―선명하게―떠오른다.

딸들이 태어나면서 나는 요리를 하겠다는 마음을 접었다. 치킨 요리는 가능했고 딸들에게 황색 채소는 자주 먹였지만, 솔직히 음식은 나한테 그리 매력적이지 않다. 이 도시의 많은 사람들은 큰 매력을 느끼는 듯하지만. 내 남편의 아내는 요리하기를 좋아한다. 내 전남편 말이다. 그의 아내는 요리하는 걸 좋아한다.

지금의 내 남편은 시카고 교외에서 자랐다. 그도 극심한 가난 속에서 자랐다. 이따금 집안에서도 코트를 입어야 할 정도로 집이 무척 추웠다. 그의 어머니는 정신병원을 드나들었다. "엄마는 미쳐 있었어." 남편이 내게 말한다. "엄마는 우리 중 누구도 사랑했던 것 같지 않아. 엄마한텐 그게 불가능했을 거야." 그는 4학년 때 친구의 첼로를 켰고, 그뒤로 첼로에 뛰어난 재능을 보였다. 내 남편은 어른이 된 뒤로 줄곧 전문 첼로 연주자로 활동해왔고, 지금은 이 도시의 필하모닉 오케스트라 단원이다. 그의 웃음은 큼지막하고 호탕하다.

그는 내가 만드는 음식은 뭐든 좋아한다.

윌리엄에 대해 하고 싶은 이야기가 하나 더 있다. 신혼 시절 그는 나를 양키스 경기에 데리고 갔다. 당연히 옛 야구장에서 열린 경기였다. 그는 양키스 경기에 나를—몇 번은 아이들을—데려갔는데, 나는 그가 티켓을 사는 데 돈을 아무렇지 않게 쓰는 것에 깜짝 놀랐고, 너무 쉽게 핫도그와 맥주를 사오겠다고 말해 깜짝 놀랐다. 하지만 따져보면 놀랄 일은 아니었다. 윌리엄은 원래 씀씀이가 넉넉한 사람이었다. 내가 놀란 것은 내 아버지가 캔디애플을 사줄 때의 기억 때문이라는 걸 나는 잘 안다. 내가 경외감을 갖고 양키스 경기를 지켜봤던 것이 지금도 기억난다. 나는 야구에 대해서는 무지했다. 화이트삭스는 내게 별다른 의미가 없었는데도, 나는 그 팀에 일종의 연대감을 느꼈었다. 하지만 양키스 경기를 본 뒤로는 오직 양키스만 좋아했다.

야구장! 내가 야구장을 보고 감탄했던 게 기억나고, 선수들이 안타를 치고 달리던 게 기억나고, 관리인들이 밖으로 나와 흙을 판판하게 고르던 게 기억난다. 하지만 가장 생생한 기억은 해가 지면서 햇빛이 근처 빌딩들, 브롱크스 지역의 빌딩들에 가 닿던 장면이다. 그렇게 햇빛이 그 빌딩들을 비추고 나면, 이어 여기저기 도시의 불빛들이 켜지기 시작했다. 참으로 아름다운 광경이었다. 내 앞에 그 세상이 돌연 펼쳐진 것 같았다. 내가 하고 싶은 말은 그것이다.

남편과 헤어지고 여러 해가 지났을 때, 나는 72번가를 걸어 이스트 강까지 산책을 하러 다녔다. 그 길을 따라가면 이스트 강이 바로 나오는데, 나는 거기서 그 강을 바라보며 오래전에 우리가 함께 구경하러 간 야구 경기를 떠올렸고, 내 결혼생활의 다른 기억들에서는 느껴지지 않는 종류의 행복감에 젖어들었다. 그런 행복한 기억들이 내 마음을 아프게 한다는 것, 그게 내가 하고 싶은 말이다. 하지만 양키스 경기에 대한 기억은 그렇지 않았다. 그 기억을 떠올리면 나는 전남편과 뉴욕에 대한 사랑으로 가슴이 부푼다. 나는 지금도 양키스의 팬이지만, 내가 야구장에 다시 갈 일은 없다는 걸 알고 있다. 그것은 다른 삶이었다.

나는 작가가 되려면 냉혹해야 한다는 제러미의 말에 대해 생각한다. 또한 내가 늘 글을 쓰고 있고 시간이 충분하지 않다며 오빠나 언니, 부모님을 만나러 가지 않았던 것에 대해서도 생각한다. (하지만 가고 싶지 않아 안 간 것이기도 했다.) 시간은 늘 충분하지 않았고, 나중에는 내가 결혼생활에 안주하면 또다른 책, 내가 정말로 쓰고 싶은 책은 쓸 수 없다는 것을 알았기 때문에 그렇게 한 데에는 그런 이유도 있었다. 하지만 나는 진정, 냉혹함은 나 자신을 붙잡고 놓지 않는 것에서, 그리고 이렇게 말하는 것에서 나온다고 생각한다. 이게 나야, 나는 내가 견딜 수 없는 곳—일리노이 주 앰개시—에는 가지 않을 거고, 내가 원하지 않는 결혼생활은 하지 않을 거고, 나 자신을 움켜잡고 인생을 헤치며 앞으로, 눈먼 박쥐처럼 그렇게 계속 나아갈 거야!, 라고. 이것이 그 냉혹함이라고, 나는 생각한다.

엄마는 그날 병원에서 내가 오빠나 언니와는 다르다고 말했다. "지금 네 인생을 봐. 너는 묵묵히 네 길을 가서…… 원하는 걸 이뤘잖아." 그 말은 아마 내가 이미 냉혹했다는 의미였을 것이다. 그 말은 아마 진심이었겠지만, 엄마가 진짜 무슨 뜻으로 한 말인지는 지금도 알지 못한다.

오빠와 나는 매주 전화로 이야기를 나눈다. 오빠는 우리가 자란 그 집에서 계속 산다. 오빠는 아빠가 그랬던 것처럼 농기계수리 일을 하지만, 아빠처럼 해고되거나 성질을 부리지는 않는 것 같다. 나는 오빠에게 오빠가 도살 직전의 돼지들과 같이 잔다는 말을 들었다는 이야기는 한 적이 없다. 어떤 아이에 관한 책, 초원에 사는 사람들에 관한 그 책을 아직 읽느냐고 질문한 적도 없다. 오빠에게 여자친구 혹은 남자친구가 있는지 그런 것도 모른다. 내가 오빠에 대해 아는 것은 거의 없다. 오빠는 내게 예의를 갖춰 말하지만, 내 아이들에 대해 물어본 적은 단 한 번도 없다. 나는 엄마의 어린 시절에 대해 아는 게 있는지, 엄마가 위험을 느낀 적이 있었는지 오빠에게 물은 적이 있다. 오빠는 모른다고 말한다. 나는 오빠에게 엄마가 병원에 왔을 때 쪽잠을 잔 이야기를 해주었다. 그때도 오빠는 모른다고 말한다.

내가 언니와 통화할 때, 언니는 자신의 남편에 대해 화를 내며 불평한다. 그가 청소도, 요리도, 육아도 도와주지 않는다고 한다. 변기 시트도 세워놓고 나온다고 한다. 언니는 매번 그 이야기를 한다. 그는 이기적이라고, 언니가 말한다. 언니의 형편은 넉넉지 않다. 지금쯤은 세 아이 모두 집을 떠났을 텐데도 언니는 몇 달에 한 번씩 자신의 아이들에게 필요한 것의 목록을 적어 내게 보내고, 나는 언니에게 돈을 부쳐준다. 지난번에 언니가 '요가 수업'을 적어 보냈을 때 나는 언니가 사는 그 작은 타운에서도 요가를 배울 수 있다는 사실에, 그리고 언니―어쩌면 언니의 딸이겠지만―가 요가를 배운다는 사실에 놀랐지만, 언니가 목록을 적어 보내면 번번이 그 돈을 부쳐준다. 나는 요가에 대해서는―속으로―화가 났다. 하지만 언니는 내가 언니에게 그 돈을 빚졌다고 느끼는 것 같고, 나도 어쩌면 언니 생각이 맞을지 모른다고 생각한다. 이따금 나는 언니가 결혼한 그 남자에 대해 궁금증이 든다. 그는 어째서 변기 시트를 내리지 않는 걸까? 화가 나서요. 그 자애로운 여의사가 말한다. 그러고는 어깨를 으쓱한다.

대학 시절 내 룸메이트는 자기 엄마가 자기한테 잘해주지 않았다고 했다. 룸메이트는 엄마를 유난히 싫어했다. 그러던 어느 가을 그애 엄마가 치즈를 소포로 보냈는데, 우리 둘 다 치즈는 좋아하지 않았다. 하지만 룸메이트는 그 치즈를 없애지 못했고, 다른 사람에게 줘버리지도 못했다. "이 치즈를 그냥 둬도 괜찮을까?" 그녀가 물었다. "그러니까, 엄마가 준 거라서." 나는 이해한다고 말했다. 그녀는 치즈를 바깥 창턱에 올려놓았고, 치즈는 그렇게 그 자리에 놓여 있었다. 마침내 치즈 위로 눈이 쌓이기 시작했고, 우리 둘 다 치즈에 대해서는 까맣게 잊었는데, 봄이 되자 치즈가 다시 형체를 드러냈다. 결국 그녀는 자기가 수업을 들으러 갔을 때 치즈를 치워달라고 내게 부탁했고, 나는 그렇게 했다.

블루밍데일에 대해 이 말은 하고 싶다. 이따금 그 예술가가 떠오르는데, 그가 거기서 사 입은 셔츠에 자부심을 가졌던 것과, 그래서 내가 그를 참 깊이가 없는 사람이라고 생각했던 기억 때문이다. 나는 딸들과 함께 여러 해 동안 그 백화점에 갔고, 7층 계산대 쪽에는 우리가 좋아하는 장소도 있다. 나는 딸들과 맨 먼저 그 계산대로 가서 프로즌 요거트를 사먹은 뒤 배가 얼마나 아픈지 말하면서 웃고, 구두 매장을 지나―내키는 대로 기웃거리며―젊은 여성을 위한 매장으로 간다. 나는 딸들이 원하는 것은 거의 다 사주지만, 딸들은 착하고 신중해서 그 기회를 이용하지 않는다―참으로 훌륭한 딸들이다. 딸들이 나와는 같이 가지 않겠다고 하던 시절이 있었다. 내게 화가 났을 때였다. 나는 아이들 없이는 블루밍데일에 가지 않았다. 시간이 흘렀고, 지금은 딸들이 시내에 오면 다시 그곳에 간다. 나는 그 예술가도 애정 어린 마음으로 떠올리고, 그의 인생도 순탄하게 흘러갔기를 바란다.

블루밍데일은—여러 면에서—우리, 즉 딸들과 내게는 집 같은 곳이다.

블루밍데일이 우리에게 집과 같은 이유는 이것이다. 아이들이 자란 집을 떠나온 뒤로 나는 아파트를 옮길 때마다 아이들이 와서 지낼 별도의 침실을 꼭 꾸며두지만, 예전이나 지금이나 딸들은 내 집에 와서 지낸 적이 없기 때문이다. 캐시 나이슬리도 나처럼 했을지 모르지만, 나로서는 절대 모를 일이다. 하지만 내가 아는 다른 여자들의 경우를 봐도, 아이들이 그들의 집에 찾아오는 일은 없었다. 나는 그 아이들을 절대 비난하지 않고 내 아이들도 비난하지 않지만, 가슴은 미어진다. "새어머니." 나는 딸들이 이렇게 말하는 걸 들었다. "아빠의 아내" 정도면 충분할 텐데 말이다. 하지만 아이들은 "새어머니" 혹은 "새엄마"라고 부른다. 나는 이렇게 말하고 싶다. 내가 병원에 입원했을 때 그 여자는 어린 너희의 얼굴을 씻겨주지도, 머리를 빗겨주지도 않았어. 너희가 병원으로 찾아왔을 때 너희는 불쌍한 거지꼴을 하고 있었고, 아무도 너희를 돌봐주지 않는다는 사실에 내 가슴은 찢어질 듯 아팠어! 하지만 나는 그 말을 하지 않는다. 해서도 안 된다. 내가 아이들의 아버지를 떠난 사람이기 때문이다. 물론 그 당시에는 남편만 떠나는 거라고 생각했다. 하지만 그건 어리석은 생각이었다. 아이들을 떠난 것이기도 했고, 집을 떠난 것이기도 했기 때문이다. 내 생각은 내 것이 되었다. 혹은 남편이 아닌 다른 사람들과 나누는 것이 되었다. 나는 마음이 움직일 수 있는 사람이었고, 움직였다.

그 시절에 내 딸들이 느꼈을 분노란! 잊으려고 애쓰는 순간도 있지만, 나는 결코 잊지 못할 것이다. 아이들이 결코 잊지 못할 그것이 무엇인지가 걱정된다.

그 시절에 마음이 더 여린 딸 베카가 내게 말했다. "엄마, 엄마가 소설을 쓸 때는 그 내용을 다시 쓸 수도 있겠지만, 누군가와 이십 년을 살았다면, 그리고 그것도 소설이라면, 그 소설은 다른 사람과 절대 다시 쓸 수 없어요!"

그애는 그걸 어떻게 알았을까, 내 소중하고 사랑스러운 아이는? 그토록 어린 나이였음에도 그애는 그 사실을 알고 있었다. 베카가 그 말을 했을 때 나는 그애를 바라보았다. 그리고 말했다. "네 말이 맞아."

어느 늦은 여름날, 내가 아이들 아빠의 집에 간 적이 있었다. 그는 출근한 뒤였고, 나는 늘 제 아빠 곁에 머물렀던 베카를 보러 갔다. 그가 우리의 딸들을 병원으로 데려온, 그리고 자기 자식이 없는 그 여자와 결혼하기 전의 일이다. 나는 모퉁이 가게에 갔다가—이른 아침이었다—계산대 위쪽의 작은 텔레비전으로 비행기가 월드트레이드센터를 들이받는 장면을 보았다. 나는 얼른 아파트로 돌아가 텔레비전을 켰고, 베카는 앉아서 텔레비전을 보았다. 내가 사온 것을 내려놓으려고 부엌으로 갔을 때 베카가 "엄마!" 하고 외치는 소리가 들렸다. 두번째 비행기가 두번째 빌딩을 들이받고 있었고, 베카가 외치는 소리를 듣고 내가 달려 갔을 때 아이는 완전히 충격을 받은 얼굴이었다. 나는 늘 그 순간을 떠올린다. 그리고 생각한다. 그 아이의 유년기가 끝난 건 그때였다고. 죽은 사람들, 연기, 이 도시와 이 나라에 가득 퍼진 공포, 그 이후 세계적으로 일어난 참혹한 사건들. 하지만 나는 그날에 대해 떠올릴 때 내 딸만 생각한다. 그전에도, 그후에도 그 아이가 그런 목소리로 외친 것은 들은 적이 없다. 엄마.

또 가끔 생각하는 건, 내가 세라 페인을 옷가게에서 만났을 때 그녀가 자기 이름을 제대로 말하지 못했던 사실이다. 그녀가 아직 뉴욕에 사는지 나는 전혀 알지 못한다. 그뒤로 그녀는 새 책을 내지 않았다. 하지만 나는 그녀가 가르치는 일을 하면서 몹시 지쳐가던 것을 생각한다. 그리고 우리 모두에게 이야기는 하나뿐이라던 그녀의 말을 생각하지만, 나는 아직 그녀의 이야기가 무엇이었는지 혹은 무엇인지 모른다고 생각한다. 나는 그녀가 쓴 책들을 좋아한다. 하지만 그녀가 뭔가를 피해 비켜서 있다는 느낌을 떨칠 수가 없다.

나는 요즘 혼자 집에 있을 때, 자주는 아니지만 이따금 조용히 소리 내어 말해본다. "엄마!" 그게 뭔지 나는 모른다―내가 내 엄마를 부르는 것인지, 아니면 그날 두번째 비행기가 두번째 빌딩을 들이받는 것을 본 베카가 나를 부르는 소리를 듣고 있는 것인지. 내 생각엔 둘 다인 것 같다.

　하지만 이건 내 이야기이다.

　그럼에도 이건 많은 사람들의 이야기이기도 하다. 몰라의 이야기이자 내 대학 룸메이트의 이야기이고, 어쩌면 프리티 나이슬리 걸즈의 이야기일 수도 있다. 엄마. 엄마!

　하지만 이 이야기는 내 것이다. 이 이야기만큼은. 그리고 내 이름은 루시 바턴이다.

얼마 전에 크리시가 내 지금의 남편에 대해 말했다. "아저씨가 좋아요, 엄마. 하지만 아저씨가 잠을 자다 죽고 새엄마도 죽어서 엄마와 아빠가 다시 합치면 좋겠어요." 나는 아이의 정수리에 키스한 뒤 생각했다. 내가 내 아이에게 이런 짓을 했구나.

내가 내 아이들이 느끼는 상처를 아느냐고? 나는 안다고 생각하지만, 아이들은 그렇지 않다고 주장할지 모른다. 하지만 나는 우리가 아이였을 때 품게 되는 아픔에 대해, 그 아픔이 우리를 평생 따라다니며 너무 커서 울음조차 나오지 않는 그런 갈망을 남겨놓는다는 사실에 대해 내가 아주 잘 안다고 생각한다. 우리는 그것을 꼭 끌어안는다. 펄떡거리는 심장이 한 번씩 발작을 일으킬 때마다 끌어안는다. 이건 내 거야, 이건 내 거야, 이건 내 거야.

요즘 나는 가을에 우리의 작은 집을 둘러싼 농장에서 해가 지던 장면을 이따금 떠올린다. 어디를 봐도 지평선이 보여, 내가 한 바퀴 빙 돌면 지평선도 한 바퀴 원을 그렸다. 해는 등뒤에서 지고, 눈앞에 펼쳐진 하늘은 그 아름다운 변신을 멈출 수 없다는 듯 은은한 분홍빛을 자아내다 슬며시 푸른 기운을 띤다. 이윽고 지는 해에 가장 가까운 땅이 한 줄 오렌지색 선을 그리는 지평선을 배경으로 어두워지다 거의 컴컴해진다. 하지만 돌아서면 땅은 여전히 부드러운 형체를 희미하게 드러내며 몇 그루 나무와, 흙을 갈아엎고 간작 식물*을 심은 고요한 들판을 보여주고, 하늘

---

　*비료용이나 토양 보호의 목적으로 겨울 동안 밭에 심어두는 클로버 등을 말한다.

은 머뭇거리다, 머뭇거리다 마침내 완전히 어두워진다. 그런 순
간에는 영혼도 조용히 지켜볼 것만 같다.

모든 생은 내게 감동을 준다.

감사의 말

　이 책에 도움을 준 다음 사람들, 짐 티어니, 재리나 시어, 미나
파이어, 수전 카밀, 몰리 프리드리히, 루시 카슨, 볼리아스코 재
단, 그리고 벤저민 드라이어에게 감사의 마음을 전한다.

기억의 자리들, 공백의 자리들

기억은 자유의지를 가졌다. 순서를 바꾸고 덧칠을 한다. 가끔 견딜 수 없는 것은 망각 속으로 보내버린다. 일부러인 듯 흐릿하게 만들어버려 확신할 수 없게 만든다. 하나의 상황을 놓고도 나와 당신의 기억은 다르다. 완성하지 않고 결론 내지 않아 영원히 미완의, 미결의 상태로 남겨버린다.

기억은 고집스럽다. 사건 자체는 희미해져도, 그 사건들이 남긴 감정은 고집스럽다. 예컨대 어머니가 실제로 내 이마에 키스를 해주었는지 해주지 않았는지 모르지만, 나를 줄곧 붙들고 있는 감정은 '어머니가 한 번도 키스해주지 않은 것'에서 비롯한 그 결핍의 감정이다.

기억은 성장한다. 기억은 시간의 세례를 거친 나의 눈으로 시간의 변화를 겪은 당사자들을 더 넓은 시야에서 바라보게 해준다. 그때 그런 것은 아, 그래서 그랬겠구나. 하지만 그 성장은 거의 혼자 크는 성장이라, '그랬겠'다는 것은 나의 관점이지 우리의, 혹은 그들의 관점은 아니다.

그래서 기억은 매혹적이면서도 참 이기적이다. 개인적인 고백을 하자면, 나는 그러저러한 이유로 '기억'이라는 단어에 천착하는 편이고 '기억'에 바탕을 둔 문학작품이나 영화들에 늘 끌렸다. 엘리자베스 스트라우트의 『내 이름은 루시 바턴』 번역을 맡으면서 더 마음이 갔던 것도 이 소설이 기억에 바탕을 두고 있었기 때문이다.

"이제는 꽤 지난 일이 되었지만, 내가 구 주 가까이 병원에 입원해야 했던 때가 있었다." 첫 문장부터 이 이야기는 '기억'의 조각들을 모은 것임을 선언한다. 이어지는 닷새 동안 어머니와 딸의 대화는 그 기억에서도 더 지난 과거의 기억들을 끄집어낸다. 하긴 우리의 현재는 찰나의 순간에 과거가 되어버리니 우리의 삶은 기억 안에 기억, 그 기억 안에 또다른 기억, 그 또다른 기억 안에 또다른 기억을 품고 있는 것이 아니던가. 그런 기억, 그런 불확실한 과거는 과거와 현재의 경계를 짓기 어려운 우리의 시간 안에 도사린 채 우리를 끊임없이 흔든다.

엘리자베스 스트라우트의 이 다섯번째 소설은 전작들과는 달리 일인칭 시점의 글이다. 문학작품들을 읽다보면 어떤 작가들은 삼인칭으로 출발한 뒤에야 일인칭으로 옮겨갈 수 있게 되는 것 같고, 어떤 작가들(예컨대 무라카미 하루키)은 일인칭으로 출발한 뒤에야 삼인칭으로 옮겨갈 수 있게 되는 것 같은데, 엘리자베스 스트라우트는 삼인칭 시점에서 출발한 작가다. 〈가디언〉과의 인터뷰에서 그녀는 이 작품을 쓸 때 자기 마음을 "너는 지금 일인칭으로 쓰고 있어. 그것도 작가로 만들어서"라고 표현했다. '기억'을 가장 섬세하고 유려하게 다루는 방법, 기억에 의한 우리의 흔들림을 가장 잘 담아내는 방법은 어쩌면 일인칭 시점, 그리고 작가가 주인공일 때가 아닐까 싶기도 하다.

그 기억의 파편들을 모으면 뭐가 될까. '부분의 합은 전체보다 크다'는 이론을 들먹이지 않더라도 우리는 기억의 합이 기억 그 자체보다 얼마나 더 큰 것이 될 수 있는지를 안다. 그것은 한 개인의 삶이 되고, 한 세대, 여러 세대의 삶이 되고, 한 사회의 역사가 된다. 엘리자베스 스트라우트는 그 기억의 조각들을 모아 수증기를 모은 듯 마르지 않았으면서 흠뻑 젖지도 않은, 감정이 부각되지 않아 더더욱 아련한 느낌의 이야기를 만들어낸다. 이 짧은 분량의 소설에서 다루는 이야기 전체는 그 기억들뿐 아니라, 우리의 상상력이 개입되는 공백의 자리들을 포함하여, 그리고 그 각각을 잇는 선들을 아울러서 참으로 큰 것이 된다. 덧붙이면 엘리자베스 스트라우트가 그려내는 선들이 굉장히 섬세해서 언뜻 개인적인 이야기로 읽히기 쉽지만, 그 섬세한 선들에는 역사와 변화하는 사회와 그 사회 속에서의 관계들이 무수히 잇닿아 있어 찬찬히 들여다보면 우리가 보게 되는 풍경 역시 무한히 넓어진다.

이 작품에서 엘리자베스 스트라우트가 그려낸 선들 중 그 출발점이자 가장 자세히 들춰지는 관계는 엄마와 딸의 관계인 것 같다. 하지만 그야말로 출발점이지 전체는 아니다. 루시 바턴의 선은 아버지에게도, 거의 연락을 끊고 지냈지만 마지막 순간에 오히려 조금은 더 가까워진 오빠와 언니에게도 닿아 있다. 그렇게 한 가족의 이야기가 된다. 입원한 딸에게 안부를 전했을지조차 알 수 없는, 자신의 불안함을 끊임없이 가족들에게 풀어냈을 것으로 짐작되는, 독자들이 그 마지막 임종의 순간까지 지켜보게 되는 아버지의 비중이 지면상으로는 그리 크지 않지만 더없이 무겁다. 어려서나 나이들어서나 결코 가깝다 말할 수 없는 언니와 오빠의 무게 또한 마찬가지로 무겁다. 루시 바턴은 그들의 존재, 그들과 함께 보낸 과거의 시간들로부터 자유롭지 못하다. "우리 다섯 식구가 정말로 건강하지 않은 가족으로 살아왔다는 생각이 머릿속을 떠나지 않았고, 그러다 어느 순간 나는 우리의 뿌리가 서로의 가슴을 얼마나 끈질기게 칭칭 감고 있는지 알게 되었다. 남편이 말했다. '하지만 당신은 가족들을 좋아하지도 않았잖아.' 그뒤로 나는 더더욱 두려워졌다."

한편 작가로 성공한 루시는 이렇게 생각한다. "나는 뉴욕을 사랑해, 여긴 내 집이야. 하지만 나는 다른 도시들에도 가야 했는데, 그때는 거의 항상 겁을 먹었다. 호텔방은 외로운 장소다. 오, 제길, 거긴 외로운 장소다." 그러니 가족은 절대적으로 필요하지만, 절대적으로 부담스러운 것이다. 절대적으로 떠나고 싶은 것이지만, 절대적으로 그리운 것이다. 루시 바턴은 (책과 숙제를 통해 이뤄낸 성과들을 통해) 떠날 수 있었기에 떠났지만, 떠남은 달아남이 되기도 버려짐이 되기도 한다.

이런 양가적인 상태. 그런 상태가 만들어내는 양가의 감정들. 떠나 있지만 떠나 있지 않은 상태(루시는 가족을 머리 위에 떠 있는 구조물로 느꼈다). 속마음을 솔직히 말할 수도 말하지 않을 수도 없는 상태("엄마, 내가 단편 두 편을 발표했어요"에 이어지는 모녀의 대화). 내 욕구를, 내 감정을 드러낼 수도 드러내지 않을 수도 없는 상태(입원한 엄마에게서 이제 그만 돌아가달라는 부탁을 받았을 때 보인 루시의 반응). 물어보지 않아 서운해하면서도 물어보지 않은 것을 친절하게 느끼는 상태(이건 때로 나조차 정말 그렇지 않은가). 개방하고 싶지 않지만 할 수밖에 없는 상태(모든 자기 노출의 글 이면에는 이런 마음이 있지 않을까).

심지어 내가 나 자신에 대해 이런지 저런지 잘 모르는 상태("엄마!"는 나의 외침이었을까 딸의 외침이었을까). 이런 마음의 상태들은 없어지지 않고 우리의 기억이 된다. 그리고 그런 기억의 방문을 받을 때 우리는, 이를테면 옷가게에 들어가 옷을 입어보고 낯선 사람에게 말을 붙인다.

한편 우리가 누군가를 바라보며 그에 대한 어떤 평가 혹은 판단을 내리는 것, 그것도 결국은 미완의 것, 미결의 과제라고 볼 수 있다. 영원한 미완, 미결의 기억들. 제러미에 대해 우리는 루시의 세 가지 기억을 바탕으로 추리할 수 있을 뿐이며, 루시와 어머니는 그런 잡지를 읽는 사람으로 기억되고 싶지 않았고, 세라 페인(아마도 엘리자베스 스트라우트)은 "다른 사람을 완전히 이해한다는 것, 그것이 어떤 것인지 우리는 절대 알지 못하며, 앞으로도 절대 알 수 없을 것임을" 이야기한다. 그러니 우리가 누군가를 평가한다면, 더욱이 그것이 누군가를 얕잡아보는 평가라면, 단편적인 것들에 매달리는 것이 얼마나 무책임한 일이 될 것인가. 이 소설에서 엘리자베스 스트라우트는 그것에 대해 "우리 인간을 구성하는 가장 저속한 부분"이라고 말했다. 그래서 외국의 서평들에는 엘리자베스 스트라우트의 작품들을 '사회적 계급'의 관점에서 바라보는 글이 더러 있다.

기억이 미완의 것이고, 우리가 늘 양가적인 상태에 있고, 우리

삶이 늘 흔들린다 하더라도 내가 발 디딜 자리는 있다. "하지만 이 이야기는 내 것이다. 이 이야기만큼은. 그리고 내 이름은 루시 바턴이다." 이것이 어쩌면 우리에게 분명한 한 가지일 것이다.

작가가 '내 이름은 엘리자베스 스트라우트다'라고 선언하는 모습을 잠시 상상해본다(내 이름을 넣어 나도 한번 해보았는데, 생각만 했을 때와 소리 내어 말하는 것은 그 울림의 파급력이 상당히 다르다). 엘리자베스 스트라우트는 열여섯 살 때부터 문예지에 단편을 써 보내기 시작해 스물여섯 살에 첫 단편이 실렸고, 그 이후로 글쓰기를 중단한 적이 없다. 하지만 1956년생인 그녀가 1998년에야 어렵사리 데뷔 소설 『에이미와 이저벨』을 발표할 수 있었으니 작가로서 이름을 알리고 작품으로 자신을 단단히 다지기까지는 시간이 꽤 많이 걸린 셈이다. 그녀도 루시 바턴처럼 도서관에서 책을 읽으며, 특히 소설책이 꽂혀 있는 서가 근처를 서성이며 어린 시절을 보냈고, 여름에는 바깥에 나가 놀았지만 혼자 놀았던 적이 더 많았다고 한다. "사람들이 외로움에 사무치는 일이 없도록 나도 글을 쓰겠다!" 작가는 〈가디언〉과의 인터뷰에서 이렇게 말했다. "나는 어렸을 때부터 글쓰기를 사람들을 돕기 위한 노력으로 생각했어요. (⋯) 누군가의 시야를 잠시 조금이라도 더 열어주려고 애쓰는 것. 물론 '그건 어리석은 일이야' 하고 생각할 때도 더러 있지만 이 일이 세상을 도우려는 다른 노력보다 더 어리석은 것 같지는 않아요." 작가가 만들어내는 등장인물들에는 어쨌거나 작가 자신의 조각들이 조금씩 스며들게 마련인 것 같다. 어쩌면 작가가 된 루시 바턴에게도, 루시 바턴에게 '냉혹하라'는 조언을 해주는 작가 세라 페인에게도 엘리자베스 스트라우트의 조각들이 들어 있었을 것이다.

　루시의 이야기가 이러했다면, 루시는 다른 사람들에게 어떤 기억으로 남았을까? 루시가 어린 시절을 보낸 앰개시에 남아 있었던 사람들은 루시를 어떻게 기억하고, 실제로 그들은 어떻게 그 시간들을 보냈을까? 엘리자베스 스트라우트의 다음 책이 그에 관한 것이라고 하니 『내 이름은 루시 바턴』을 쉽게 마음에서 떠나보내서는 안 될 것 같다. 기억처럼, 삶처럼, 모든 문학작품도 우리 안에 살아 있는 한 영원히 미완인지 모르겠다.

정연희

지은이 **엘리자베스 스트라우트**
1998년 첫 장편소설 『에이미와 이저벨』로 작품성과 대중성을 동시에 인정받았다. 2008년
출간한 『올리브 키터리지』로 퓰리처상을 수상했다. 이후 『버지스 형제』 『내 이름은 루시
바턴』 『무엇이든 가능하다』 『다시, 올리브』까지 꾸준히 작품 활동을 이어가며 많은 사랑
을 받았다. 2021년 『내 이름은 루시 바턴』의 후속작인 『오, 윌리엄!』을 발표했다.

옮긴이 **정연희**
서울대학교 영어교육과를 졸업하고 미국 펜실베이니아대학교에서 석사학위를 받았다.
전문 번역가로 활동하고 있으며, 옮긴 책으로 『오, 윌리엄!』 『다시, 올리브』 『무엇이든 가
능하다』 『버지스 형제』 『에이미와 이저벨』 『사라진 반쪽』 『디어 라이프』 『착한 여자의 사
랑』 『소녀와 여자들의 삶』 『운명과 분노』 『플로리다』 『엘리너 올리펀트는 완전 괜찮아』
『그 겨울의 일주일』 『비와 별이 내리는 밤』 『커먼웰스』 『헬프』 등이 있다.

문학동네 세계문학
내 이름은 루시 바턴

1판 1쇄 2017년 9월 22일 | 1판 8쇄 2023년 1월 30일

지은이 엘리자베스 스트라우트 | 옮긴이 정연희
기획·책임편집 이현자 | 편집 윤정민 이봄이랑 오영나 이희연
디자인 김이정 이원경 | 저작권 박지영 형소진 이영은 김하림
마케팅 정민호 이숙재 박치우 한민아 이민경 안남영 왕지경 김수현 정경주
브랜딩 함유지 함근아 김희숙 고보미 박민재 박진희 정승민
제작 강신은 김동욱 임현식 | 제작처 한영문화사(인쇄) 경일제책사(제본)

펴낸곳 (주)문학동네 | 펴낸이 김소영
출판등록 1993년 10월 22일 제2003-000045호
주소 10881 경기도 파주시 회동길 210
전자우편 editor@munhak.com | 대표전화 031) 955-8888 | 팩스 031) 955-8855
문의전화 031) 955-3578(마케팅) 031) 955-1929(편집)
문학동네카페 http://cafe.naver.com/mhdn
인스타그램 @munhakdongne | 트위터 @munhakdongne
북클럽문학동네 http://bookclubmunhak.com

ISBN 978-89-546-4697-0 03840

www.munhak.com